オール・マイ・ラビング

東京バンドワゴン

小路幸也

集英社文庫

この作品は二〇一〇年四月、集英社より刊行されました。

ブックデザイン　鈴木成一デザイン室

目次

夏　あなたの笑窪《えくぼ》は縁ふたつ……19

秋　さよなら三角また会う日まで……113

冬　背《せな》で泣いてる師走かな……203

春　オール・マイ・ラビング……283

解説　狩野大樹……352

登場人物相関図

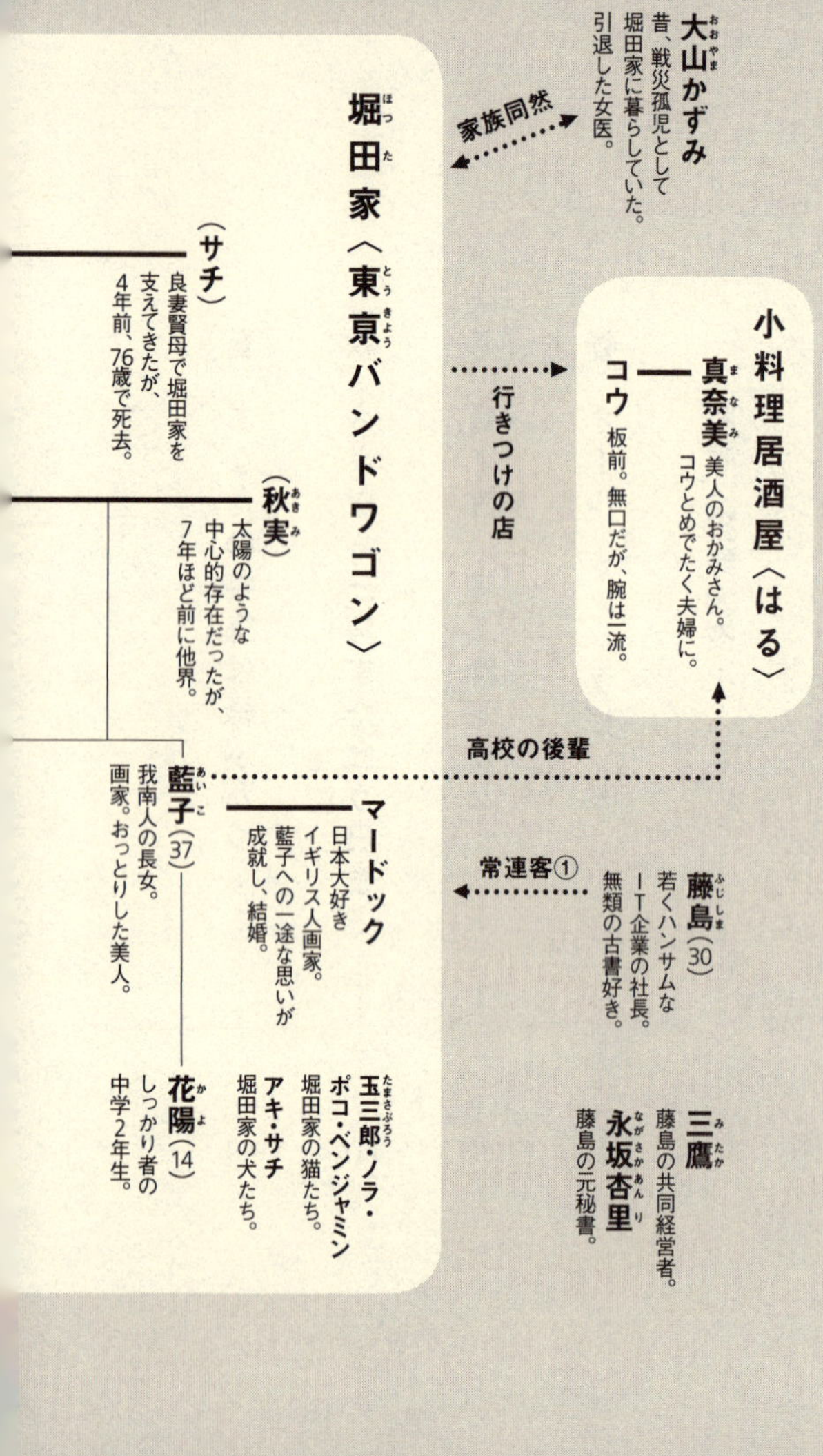

大山《おおやま》かずみ
昔、戦災孤児として
堀田家に暮らしていた。
引退した女医。
家族同然
小料理居酒屋〈はる〉
真《ま》奈《な》美《み》
美人のおかみさん。
コウとめでたく夫婦に。
コウ
板前。無口だが、腕は一流。
行きつけの店
堀《ほっ》田《た》家〈東《とう》京《きょう》バンドワゴン〉
（サチ）
良妻賢母で堀田家を
支えてきたが、
4年前、76歳で死去。
（秋《あき》実《み》）
太陽のような
中心的存在だったが、
7年ほど前に他界。
高校の後輩
藤《ふじ》島《しま》（30）
若くハンサムな
IT企業の社長。
無類の古書好き。
常連客①
マードック
日本大好き
イギリス人画家。
藍子への一途な思いが
成就し、結婚。
藍《あい》子《こ》（37）
我南人の長女。
画家。おっとりした美人。
三《み》鷹《たか》
藤島の共同経営者。
永《なが》坂《さか》杏《あん》里《り》
藤島の元秘書。
玉三郎《たまさぶろう》・ノラ・
ポコ・ベンジャミン
堀田家の猫たち。
アキ・サチ
堀田家の犬たち。
花《か》陽《よ》（14）
しっかり者の
中学2年生。

堀田家相関図

堀田勘一（81）
明治から続く古本屋〈東京バンドワゴン〉3代目店主。

- **(美稲)** — 2代目店主 **(草平)** の妻
- **(草平)** — 2代目店主
- **淑子** — 勘一の妹。葉山で暮らす。

祐円
勘一の幼なじみ。神主の職を息子に譲った。

康円
祐円の息子。現神主。

新さん
建設会社の2代目。我南人の幼なじみ。

道下
和菓子屋〈昭爾屋〉店主。我南人の幼なじみ。

―― 幼なじみ ――

我南人（62）
伝説のロッカーは今も健在。いつもふらふらしている。

池沢百合枝
日本を代表する大女優。青の産みの親。

かつて同じ事務所

木島
雑誌記者。我南人のファン。

折原美世
若手女優。本名は三迫佳奈。

常連客②

茅野
定年を迎えた、元刑事。

我南人の子どもたち

紺（36）
我南人の長男。元大学講師。フリーライターをしながら、店を手伝う。

亜美（36）
才色兼備な元スチュワーデス。

青
プレイボーイの長身美男子。我南人の次男として暮らす。

すずみ（25）
突然転がり込んできたが、今では店の看板娘。

孫たち

研人（12）
好奇心旺盛な小学6年生。

かんな（1）
いとこの鈴花と同じ日に生まれる。活発な性格。

鈴花（1）
青とすずみの子。おっとりした性格。

脇坂夫妻
亜美の両親。

修平
亜美の弟。

オール＊マイ＊ラビング

東京バンドワゴン

世の中は三日見ぬ間に桜かな、などと言いますね。

ほんの少しの時間でも、眼を伏せている間に桜が盛りの季節。つまらない悩みで心を閉ざして、美しいものを見ないで済ませてしまうのはあまりに勿体《もったい》ない、ということなのでしょう。世間の移り変わりの早さもまた儚《はかな》いものだ、と言っているのかもしれません。

わたしが住んでいます、やたらとお寺の多いこの辺りは下町などと呼ばれ、古くからの建物と新しい建物が入り交じります。その移り変わりもまた随分と目紛《めまぐる》しくて、この前まで何もしていなかったのにいつの間に変わったのか、ということがよくあるのですよ。

風情《ふぜい》ある古いものがなくなってしまうのは淋《さび》しいことですが、新しいものがやってこなければ、町に新鮮な息吹《いぶき》が通いませんよね。

そもそも江戸っ子なんてものは新しいもの流行《はや》りもの好きで当たり前と言われていたそうです。〈女房を質に入れても初鰹《はつがつお》〉なんて失礼な言葉もありますよ。古いも新しいも一緒になって移り変わっていくからこそ、変わらないものの程好《ほどよ》い良さが判《わか》るのでしょう。

猫が尻尾《しっぽ》を振れば両方の家に触れてしまうほどの小路《こうじ》や、車が入ってこられない細道も多い町並みには、そこに暮らす人たちの工夫がそこかしこに見られます。開けっ放しの窓を隠す簾《すだれ》に、障子代わりの葦戸《よしど》、白いペンキの洒落《しゃれ》た小窓にはレェスの小さなカーテンが揺れ、それぞれの風通しを良くしています。朽ちた木のうろに鉢植えの花が咲き、古木で作った梯《はしご》に蔓《つる》が絡み、苔生《こけむ》した石塀の水滴が差し込んだ夕陽に映えて、得も言われぬ風情を醸し出します。季節の花で飾られる玄関に、四季折々の葉の影が落ちる屋根瓦《やねがわら》、煤《すす》けた板塀に響く子供たちの笑い声やご近所さんの井戸端会議の声が、今も昔も変わらずにこの辺りを満たしていきます。

そういう下町の一角にあります、築七十年にもなる日本家屋が我が堀田《ほった》家、〈東京《とうきょう》バンドワゴン〉です。音楽関係のお店かと誤解されるような屋号で申し訳ありませんが、明治十八年に創業しました古さだけが取り柄の古書店です。妙な屋号も、実はかの坪内《つぼうち》逍遥《しょうよう》先生の命名だと聞いていますが、先々代、堀田達吉《たつきち》から伝えられることですので定かではありません。

隣ではカフェもやっておりまして、本を選んでそのまま隣に移っていただければ、コーヒーを飲みながら読むということもできますよ。本好きの方は、何故《なぜ》かコーヒー好きの方も多いですよね。もちろん、その他の飲み物も用意していますし、少しですが食事のメニューもありますので、時間の許す限りのんびりとしていただけます。

あぁいけません。またご挨拶《あいさつ》もしない内に長々と話してしまいました。

こうしてどなたの眼にも触れない暮らしになって随分と経ってしまいました。気をつけてはいても、すっかりお行儀が悪くなっています。

お初にお目に掛かる方もいらっしゃいますでしょうか。すっかりお馴染《なじ》みの方も、皆さん大変失礼いたしました。

わたしは堀田サチと申します。この堀田家に嫁いできたのは、もう六十余年も前、終戦の年のことです。

そう言えば、その時分のことはお話しさせていただきましたでしょうかね。相済みません、何せこうしてふわふわと漂っている身ですので、日々の事々があっという間に霞《かす》みの向こうになってしまいます。昔の事は山ほど覚えているのに不思議なものですよ。

あれですね、皆さんとお会いするのも随分と久しぶりのようですが、気のせいでしょうかね。

もう何度も皆さんに我が家のお話をさせていただいていますが、何せ人数の多い堀田家です。改めて家の者を順にご紹介させていただきましょう。

向かって真ん中の扉はそのまま家の中に通じていますが、左側のガラス戸に薄れた金文字で〈東京バンドワゴン〉と入っているのが古本屋の入口で、右側の大きく開く扉の方がカフェになっています。天気の良い日は扉を開け放って、カフェの前に丸テーブルなども並べています。

まずは古本屋のガラス戸をお開けください。創業当時からのどっしりとした本棚の並ぶ奥、畳敷きの帳場に座り、文机《ふづくえ》に頬杖《ほおづえ》をついて煙草《たばこ》を吸っているのがわたしの亭主で、三代目店主の勘一《かんいち》です。

ついに八十を越えまして、年を数えるのはもうやめにしたなどと先日言ってましたね。ご覧の通りごま塩の頭に強面《こわもて》で大柄。若い頃から短気で口より先に手が出るような人でしたが、あれで意外に涙脆《もろ》くてお人好しなんですよ。曾孫《ひまご》が増えてからは一段と口も身体《からだ》も元気になりまして、お医者様からあと二十年は生きると太鼓判を押されました。

あぁ、帳場の後ろの壁の墨文字が気になりますね。

実はあれは我が堀田家の家訓なのです。

〈文化文明に関する些事《さじ》諸問題なら、如何《いか》なる事でも万事解決〉

そもそもこの〈東京バンドワゴン〉を開いたのは先々代、勘一の祖父にあたる堀田達吉なのですが、その息子でわたしの義父でありあります堀田草平《そうへい》は店を継ぐことを嫌がり、自ら新聞社を興《おこ》そうとしたそうです。ところが時は明治の世、当局の様々な弾圧で志半ばとなり、心機一転して家業を継いだ義父が「世の森羅万象は書物の中にある」という持論から捻《ひね》くりだしたものだと聞いています。自らを奮い立たせる決意表明のようなものだったのでしょうね。その当時は古本屋稼業より、持ち込まれた様々な問題の解決に走り回ることも多かったと聞いています。

他にも我が家には義父草平の書き残した家訓が数多く有りまして、壁に貼《は》られた古いポスターやカレンダーを捲《めく》りますとそこここに現れます。

曰《いわ》く。

〈本は収まるところに収まる〉

〈煙草の火は一時でも目を離すべからず〉

〈食事は家族揃《そろ》って賑《にぎ》やかに行うべし〉

〈人を立てて戸は開けて万事朗らかに行うべし〉等々。

まだありますよ。トイレの壁には〈急がず騒がず手洗励行〉、台所の壁には〈掌《てのひら》に愛を〉。二階の壁には〈女の笑顔は菩薩《ぼさつ》である〉、という具合です。

家訓なんて言葉が死語になってしまっている昨今、それもどうかとは思うのですが性分なのでしょうかね。我が家の皆は、老いも若きもそれをできるだけ守って日々を暮らしています。

本棚の前で本を抱えて整理をしている若い娘さんは、孫の青《あお》のお嫁さん、すずみさんです。堀田家にやってきてもう二年は過ぎましたか。持ち前の明るさと愛嬌《あいきょう》と度胸の良さで、今ではすっかり我が家の看板娘です。古本に対する知識も相当なものでして、勘一は何かというとすずみさんを頼りにしていますよ。

どうぞそのまま、古本屋を抜けて、居間に上がってくださいな。ええご遠慮なく。

もうお昼だというのに今頃起きてきて、座卓でお茶を飲み新聞を拡《ひろ》げているのが、わたしと勘一の一粒種の我南人《がなと》です。

六十を過ぎたというのに金髪長髪で何事かと思いますでしょう？　実は我南人、ロックンローラーというものを生業《なりわい》にしていまして、今もギター片手にステージに立つことも多いのですよ。なんですか巷《ちまた》では〈伝説のロッカー〉とか〈ゴッド・オブ・ロック〉などと持《も》て囃《はや》されることもあるとかないとか。

いい加減隠居をしてもいい年なのに、いまだにふらふらしていまして、どこに行っていつ帰ってくるのか、家族の誰一人把握していません。

あぁ、ちょうど今、その我南人の膝元《ひざもと》に赤ん坊をひょいと置いたのが、我南人の長男でわたしの孫の紺《こん》です。

以前は大学講師も務めて我が家きっての知性派と言われていますが、大学では何かいろいろごたごたしまして、今はフリーライターとして生計を立てています。変わり者揃いの我が家の中で地味だなんだと言われていますが、紺の普通さがしっかりと家族を支えてくれてますよ。何年か前に出した下町に関する本はご好評を重ねてもう四冊になったとか。ようやく一家の主《あるじ》としての風格も出てきたのではないでしょうかね。

もう一人、同じように赤ん坊を抱いてあやしているのは、紺の弟の青です。ご覧の通りの見栄えの良さで、以前に旅行添乗員をしていたときには青目当ての女性がお店に現れて一騒動起こるということもよくありました。すずみさんと目出度《めでた》く結婚して、こうして子供ができて、今はすっかり良きお父さんですね。まだ二十代の若者ですから、古本の中でも若向きの漫画や雑誌や所謂《いわゆる》サブカルチャーなるものには無類の強さを発揮して、すずみさんと一緒にお店を守り立ててくれています。

青は、藍子《あいこ》と紺とは母親が違います。一時期はそれで悩んだこともあり、また青の母親といいますのが日本を代表する女優さんの池沢百合枝《いけざわゆりえ》さん。それがわかってからはまあいろいろありましたが、近頃は落ち着くところへ落ち着いています。

ご機嫌な顔をして抱かれている二人の赤ん坊は、紺の長女でかんなちゃんと、青の一人娘の鈴花《すずか》ちゃんです。まだ一歳にもなりませんが、大きな病気をすることもなくすくすくと育っていますよ。同じ日に生まれたいとこ同士ですが、その日も実はパトカーで病院に送ってもらったり、なんだか大騒ぎしましたよね。

カフェの方を覗《のぞ》いてみましょうか。

カウンターの中でコーヒーを落としているのが、孫で我南人の長女の藍子です。大学生の頃に、教授先生と恋に落ち、娘の花陽《かよ》を産み育ててきた所謂シングルマザーだったのですが、先だってご近所の画家のマードックさんと結婚いたしました。藍子本人も絵を描いていましてね。カフェの壁には二人の絵も飾られています。

その隣でコップなどの洗い物をしているのが、紺のお嫁さんの亜美《あみ》さんです。元は国際線のスチュワーデスだった才色兼備の娘さんでして、このカフェは亜美さんの陣頭指揮のもと、作られたものなんですよ。きりりとした涼やかで美しいお顔は、怒ると鬼より怖いと皆が言うのですが、失礼ですよね。

あぁ、ちょうどよく買い物から帰ってきましたね。

ただいまの声が一際大きいのは紺と亜美さんの息子で研人《けんと》です。小学校六年生の元気で心優しい男の子です。その隣は藍子の娘の花陽。中学校の二年生になります。こちらも活発な女の子だったのですが、中学生になり、少し女らしくなってきましたかね。生まれたときから一緒にいる研人とはやはりいとこ同士なのですが、もう姉弟《きょうだい》みたいなものですね。

実を申しますと、藍子の不倫の相手、花陽のお父さんはすずみさんのお父さんです。つまり花陽とすずみさんは異母姉妹になるのですよ。そんな関係もありますが、二人は仲良くやっています。

研人と花陽と一緒に帰ってきた外国人の方が、先ほど話しました画家のマードックさんです。長い間藍子に振り向いてもらえなかったり勘一に怒鳴られたりとそれはまぁ障害多き恋でしたが、今は我が家の一員です。一緒に食事をするようになり、規則正しい生活が良かったのか最近スリムになって、本人も喜んでいました。

やれやれ、毎度のことですが、家族を一通り紹介するだけでも一苦労ですね。お恥ずかしいことに家族の中だけでもやたらと複雑な関係もあり、ややこしい堀田家です。この他にも、猫の玉三郎《たまさぶろう》にノラにポコにベンジャミン、犬のアキとサチが家の中を走り回っているのですから、本当に毎日が賑やかなんですよ。

最後にわたし、堀田サチは、実は数年前、七十六歳で皆さんの世を去りました。堀田家に嫁いで随分と楽しい思いをしてきまして、十二分に幸せで満ち足りた人生だったと眼を閉じたのですけれど、何故か今もこの家に留《とど》まっています。孫や曾孫の成長を人一倍楽しみにしていましたから、こうして皆と一緒に過ごせるのも第二の人生と考えれば一興でしょう。

実は、紺は昔から人一倍勘の強い子でして、わたしがまだこの家でうろうろしているのがわかるのです。

ときたまですが、仏壇の前に座り、わたしと二人だけで会話をすることもあるのです

よ。大昔の電話のように途切れたりすることも多いのですが、それもまた楽しいひととき

です。その血を受け継いだのか、紺の息子の研人も話まではできないものの、わたしの存在を感じとり、ときには眼が合うことも。いつか話をしたいな、なんて言ってますけど、どうでしょうかね。

研人の妹のかんなちゃんにもその血が受け継がれて、お話ができるようになればまた楽しいと思うのですが、これぱっかりはわかりません。

ご挨拶が長くなりましたが、こうしてまだしばらくは堀田家の、〈東京バンドワゴン〉の行く末を見つめていきたいと思います。

よろしければ、どうぞまたご一緒に。

夏　あなたの笑窪は縁ふたつ

一

勘一が市でかんなちゃんと鈴花ちゃんのために買ってきた朝顔は、それはもう驚くほどに伸びて花もたくさん付けました。

長年朝顔をこの庭で見てきましたけど、こんなにも太く長くたくさんの花を付けたものは初めてと言っていいぐらいでして、皆で驚いていたのですよ。勘一などは「すくすくと伸びて、花のように美しくなり、太く長い人生を生きるってえ証《しるし》だな」と、すっかり悦に入ってます。

八月もお盆を過ぎましたが、暑さが引いていく気配はどこにもありません。また今年は随分と蒸し暑い夏になりまして、夏バテという声をあちこちで聞きますね。

いつものことですが、我が家も少しでも涼しさを得るために、庭や玄関先へ打ち水をしたり、縁側の簾《すだれ》や葦戸《よしど》、ときには店先にガラスの水盆を置いて金魚を泳がせたり、物置から氷柱琴《ひちゆうきん》なども持ちだします。これは珍しいものですから、あまり馴染《なじ》みがないでしょうね。氷屋さんから買った氷柱を立てて、滴《したた》るしずくで下に置いた甕《かめ》のささやかな水音を聴くものなんですよ。

クーラーで何もかも冷やしてしまうのは、身体《からだ》にもあまりよろしくありません。少しの工夫と心持ちで、涼しく感じさせることが必要でしょう。

そんな毎日ですが、我が家のアイドルになったかんなちゃんと鈴花ちゃんは、相変わらず元気です。あせもに悩まされたこともありましたけど、少しずつ身体も心も丈夫になってきていますね。

猫の玉三郎にノラにポコにベンジャミンは、これまでのようにうっかり近づくと尻尾《しっぽ》を握られたり顔を叩《たた》かれたりするので、最近はあまり傍《そば》に寄っていかなくなりました。犬のアキとサチは不思議なもので、それも自分の役目と思っているのでしょうかね。逃げ回ったりしながらも、二人の傍にいつも居るんですよ。

そんな八月の半ば過ぎ。

堀田家の朝は相も変わらず賑《にぎ》やかです。

開け放った縁側に取り付けた柵《さく》には、朝から元気なかんなちゃんと鈴花ちゃんが取りついています。ここのところは、伝い歩きも随分速くなってしまい、本当に眼が離せません。同じ日に生まれて双子のように育つ二人ですけど、そろそろ個性みたいなものが見えてきましたね。

紺と亜美さんの長女であるかんなちゃんは、幸いにして亜美さんの美しさを受け継いだようで、とても端整な面立ちの赤ちゃんですが、どちらかといえば活発でやんちゃさんですね。最初に寝返りを打ったのも、伝い歩きが速いのもかんなちゃんなんですよ。青とすずみさんの初子である鈴花ちゃんも、これまたお母さんであるすずみさんに似て、女の子らしい愛嬌《あいきょう》のある顔立ちです。かんなちゃんと比べると大人しくて静かな方でしょうか。

そして二人とも、もう随分とたくさんの言葉を覚えたのですよ。ぱっぱ、はお父さん、マンマはお母さん。わんわんもにゃんこも覚えて、最近は家族それぞれの名前もなんとなく言ってます。残念ながら、まだ勘一のことを〈大じいちゃん〉とは言えないのですけどね。

そんな二人の面倒を代わる代わる見ながら、朝食の準備が進んでいます。

大正時代から居間に置かれている欅《けやき》の一枚板の座卓には、マードックさんと花陽と研人の手で次々に食器などが置かれていきます。最近、この三人がずっと一緒にやっていますよね。マードックさん、娘となった花陽といいコミュニケーションが取れて喜んでいるようです。

今日の朝ご飯は、大皿にオーブンで焼いた南瓜《かぼちゃ》とジャガ芋と玉葱《たまねぎ》のチーズグラタン。昨日の夜の残り物の鶏肉とお茄子《なす》のレモン漬け、夏野菜の冷やしスープに目玉焼き。お好みでパンか白いご飯を選びます。白いご飯の人には焼海苔《やきのり》と胡麻豆腐《ごまどうふ》もありますね。もちろん、かんなちゃんと鈴花ちゃん用に離乳食も用意してありますよ。

いつものように上座には勘一がどっかと座り、その正面には我南人。そして店側に花陽と研人と青とマードックさん、縁側の方に紺と藍子、亜美さんすずみさん。かんなちゃんと鈴花ちゃんはそれぞれお母さんの膝元《ひざもと》でご機嫌です。

全員揃《そろ》ったところで、皆で「いただきます」です。

皆がご飯を食べている間、犬のサチとアキは縁側にきちんと並んで臥《ふ》せをしてじっと待っています。これが終わったら自分たちもご飯だとわかっているのですよね。猫たちはそういうこともなく、それぞれバラバラにうろうろしたり、ごろんと横になったりしています。

壁に掛けられたカレンダーには、明日に丸印が付けられて〈引っ越し！〉とメモしてありますね。あの字は研人でしょうけど、ここのところ急に字が上手になってきましたよね。ペン習字でも習っているわけでもないのに何故《なぜ》でしょう。

「まーっ」

「お母さん大工さんって今日来るんだっけ?」

「そういえばぁ、昨日の夜に佳奈《かな》ちゃんにばったり会ったねぇ」

「マードックは引っ越しの準備終わったのかよ」

「かんなちゃんそれ熱い！　触ったらダメっ」

「このスープ旨《うま》いな。誰作ったの？」

「トーフ僕があげる！　鈴花ちゃん、あーんして」

「あら、明日よ」

「ぼくのほうは、もうおわってます。あとは、はこぶだけですね」

「ぱっぱ」

「あ、私です」

「私はこれからですよ。そんなに荷物はないし」

「パパじゃないよー、にぃにだよ」

「そういえば佳奈ちゃん、すごい映画のヒロインになったんだよね」

「おい、メープルシロップあったよな。取ってくれや」

「研人、今日こそ自由研究やっちゃいなさいよ」

「明日は私たちの部屋だから、ちゃんと片づけておいてね」

「かんなちゃんも鈴花ちゃんもいい食べっぷりだねぇ。大きくなるよぉ」

「旦那《だんな》さん、メープルシロップ何に使うんですか」

「でもいつもひとりで来るし、目立たないから女優だなんて思えないよね」

「階段ついでに直してもらわないか？　いよいよ軋《きし》みがひどくなってる」

「わかってるよー」

「はこぶのに、ともだち、なんにんかきてくれるので、だいじょうぶです」

「そういえば渡り廊下も相当軋んでるよ」

「おめぇたちは若いくせに新しい味にチャレンジする気概ってもんがねぇな」

勘一は、何にかけるのかと思えば目玉焼きにメープルシロップをかけました。いつものことなのですが皆が眉《まゆ》を顰《ひそ》めて注目する中、勘一は満足そうに頷《うなず》いています。まぁ玉子にメープルシロップですから、ケーキの材料と思えば合わないことはないでしょうけど。

かんなちゃんと鈴花ちゃんはもう離乳食をたくさん食べていますけど、勘一には絶対に食べさせる役をやらせない方がいいでしょうね。

「すごいよねー、もううちに来れなくなるかなぁ」

「一年以上かかるって言っていたからね」

花陽とすずみさんが話しているのは、女優の折原美世《おりはらみよ》さんの話ですね。

去年の秋でしたかね。折原さんのお姉さんと紺は高校の同級生で、昔のことで少しばかり騒ぎがあったのは。あれから折原さん、我が家では本名の佳奈ちゃんで呼ばれています。些《いささ》か心痛な部分もあるでしょうけど、わだかまりもなく、ちょこちょことカフェの方に顔を出してくれていました。

「もうすっかり売れてる女優さんだよね」

そうですね、わたしもニュースで見かけましたが、なんでも日仏中合作というとてつもなく大きなスケールの映画のヒロインに選ばれたとか。撮影で長い間フランスや中国へ行ったり来たりするようです。青の母親であり日本を代表する大女優、池沢百合枝さんの事務所の後輩でしたが、我南人の話では移籍した先の事務所で看板女優になり、池沢さんも安心しているとか。

「まぁどんなに有名になってもよ」

勘一です。

「我が家に来るときにはよ、ただのお客さんだ。騒がずいつものようにしてやれよ」

はーい、とすずみさん、花陽が答えます。それがいいでしょうね。紺との間に残る微《かす》かな傷も気にしないで来てくれているのは、我が家に憩いを求めているのでしょうから。

ここ何日か、家の中は少しばかり慌ただしい空気が漂っています。

それと言いますのも、長い間空き地だった隣の土地に、藤島《ふじしま》さんがクラシカルなアパートを建てたのです。

我が家の常連で、六本木ヒルズにIT会社を構える社長の藤島さん。古本が三度の飯より大好きな方なのですが、我が家のことも随分と気に入ってくれていろいろと良くしてくれるのですよ。自分の別宅でもあり、我が家の住人が入居できるようにと設計してくれたアパートが完成したのはついこの間です。

新婚のマードックさんと藍子、そして終戦当時に我が家で暮らし、わたしや勘一にとっては妹のようなかずみちゃんも、そのアパートに入居させてもらえるのです。ここ数年、我が家の勘定奉行である紺を悩ませ続けていた部屋割りの問題がこれで一気に片づきまして、紺は心底藤島さんに感謝しているようですよ。

藍子とマードックさん、結婚はしたものの、部屋の狭さからマードックさんは長い間〈通い夫〉をしていまして、不自由をお掛けしました。新しい部屋にはアトリエも絵を保管する倉庫もあり、画家でありアーティストである二人が過ごすのには最適の環境です。

娘である花陽は、本人の希望でこのまま我が家で暮らすことになりました。そして長い間研人と一緒に過ごした納戸《なんど》を改装した勉強部屋から、藍子が出て行く部屋に机やベッドを移して一人でゆったりです。中学二年になって勉強も難しくなり、またそろそろいろんな意味で難しいお年頃ですからね。本人もちょっと嬉《うれ》しがっています。

同じように研人も大喜びです。父母である紺と亜美さんと過ごした二階の部屋は、妹のかんなちゃんのもので溢《あふ》れています。花陽が部屋に戻ったことで、自分は納戸を独占して自由に使えることになりましたからね。こちらも六年生で来年は中学生。独立心を養うのにはいい環境ではないでしょうか。

亜美さんの同級生だという大工さんにお願いして、納戸を少しばかり改装することにしました。ついでにガタが来ているところを見てもらうためにあちらこちらで、おかしな言い方ですが、小さな大掃除が行われているんですよ。

まだ花陽も研人も夏休み。お店も開けて、一家総動員で仕事と掃除とかんなちゃん鈴花ちゃんの面倒に追われる一日が始まっています。

まだ朝が早いというのに、早くも蟬時雨《せみしぐれ》が開け放した縁側から聞こえてくる中、勘一がどっかと店の帳場に座り、亜美さんがお茶を淹《い》れた大きな湯呑《ゆの》みを文机《ふづくえ》に置きました。今日も暑くなりそうなのですが、勘一は季節に関係なく、何よりもまずは熱いお茶なのですよね。

「はい、お祖父《じい》ちゃん。お茶です」

「おお、ありがとよ」

「ほい、おはようさん」

毎朝のことですが、実にタイミング良く店に入ってくるのは、勘一の幼馴染みで近所の神社の元神主、祐円《ゆうえん》さんです。ふっくらした面持ちにつるつる頭ですので、神主さんというよりはお坊さんみたいですよね。今は息子の康円《こうえん》さんに跡目を継がせ、悠々自適の毎日です。勘一と同い年なのですが、同じように身体も心も元気です。

「おはようございます。祐円さんもお茶にします？」

「いやぁ俺は勘さんと違ってハイカラだからな」

「何がハイカラでぇ。年取って油分も水分もなくなってカラカラじゃねぇか」

「うるせぇよ、アイスコーヒー貰《もら》おうかな」

亜美さんがにこっと笑って頷き、隣のカフェに戻ろうとしたところを、勘一が呼び止めました。

「そういやぁ亜美ちゃんよ」

「はいはい」

「バタバタしてるところになんだけどよ。俺ぁ明日出掛けるんだよな」

亜美さん、ちょっと考える仕草をして、ポン！　とお盆を叩いて勘一の横に座りました。

「そうでしたね。すみません、すっかり忘れてました」

「だろうと思ったぜ。と言いたいところだが、実は俺もコロッと忘れてた」

勘一が笑ってお茶をずずっと啜《すす》ります。さて、わたしも思い出せません。何の用事がありましたっけ。

「茅野《かやの》さん、何時ごろに来られるんですか?」

「確か、九時に来るんじゃねぇかな」

そうでした。思い出しましたよ。茅野さんと一緒に岐阜にお墓参りに行くのでしたね。

「おお、ネズミの墓参りだな」

祐円さんも頷きました。我が家とは大昔から縁のあった、セドリ師のネズミが亡くなったと茅野さんから聞かされたのはついこの間ですね。退職した元刑事の茅野さんもネズミとはいろいろあり、我が家に知らせてくれたのです。

わたしも終戦直後の混乱時からずっとネズミを見知ってはいましたが、ついに本名は聞けませんでした。一昨年《おととし》でしたか、ネズミが水禰《みずね》という名前でお茶目な真似《まね》を仕掛けてくれましたが、ひょっとしたらあれが本名だったのでしょうかね。

それにしても明日とはまた間が悪かったですね。皆が皆すっかり忘れていたようです。

「俺は行けないけどな、その分まで手を合わせといてくれよ」

祐円さんに言われて、勘一がおう、と頷きます。祐円さんもネズミとは顔見知りでしたよ。

「あいつも波瀾万丈《はらんばんじょう》の人生だったようだな」

祐円さんがぐるりと店を見渡して言いました。勘一も、そうだな、と頷きます。

「あの頃はよ、やたらちょろちょろしやがって気に入らねぇ奴《やつ》だったが」

「同じ時代を生き抜いてきた仲間だわな」

うんうんと二人で頷きます。本当にそうですすね。話の合間にカフェに戻った亜美さんが祐円さんにアイスコーヒーを持ってきて座りました。

「それで、亜美ちゃんよ、考えてみたらよ」

「はい」

「引っ越しとぶつかっちまったから、人手が足りねぇんだよな」

そうですね、と亜美さんも少し考えました。

「かずみさんも明日ですものね」

「あいつんところは業者が入るから放っておいてもいいけどよ」

そうそう、かずみちゃんも同じ日に引っ越しすることにしたのですよ。その方が手間が省けていいということで。

「何も手伝わないわけにはいきませんよ。藍子さんもお店は無理ですしね」

「マードックも、もちろんなぁ」

いくらご近所からの引っ越しとはいっても、いろいろありますからね。その日のうちに全てを終わらせないとまたバタバタしてしまいます。藍子は自分の部屋の整理や掃除や、妻なのですからマードックさんの前のお家の掃除だって手伝わなければならないでしょう。かずみちゃんのところだっていろいろありますよ。

「紺は俺と一緒に行くんだな」

「あぁ、そうでした」

なんといっても老人の二人旅です。この暑さですから何かあったときのために、紺あたりがついていかなきゃなりません。墓参りに行くとなったときにそう決めましたよね。

「で、納戸の改装で大工の連中も来るとなるとよ。茶も出しおやつも出しってぇしなきゃならねぇ」

「そりゃあ忙しいこったね。全員フル稼働じゃないか」

祐円さんの言う通りです。カフェを亜美さん、古本屋をすずみさんに任せるとしても残っているのは青だけですが、青も引っ越しの手伝いがあるでしょうし、交代も休憩もできなければなりませんし、かんなちゃんと鈴花ちゃんの世話もあります。

「花陽と研人じゃあなぁ」

「そうですね。ちょっと」

いくら二人がかんなちゃん鈴花ちゃんを可愛がっているといっても、一日中の世話は無理ですね。

「お義父《とう》さんは」

「あいつをあてにするのは、お天道《てんと》さんが西から昇るのに賭《か》けるより無駄なこっちゃねえか」

「呼んだぁあ？」

あら、まだ居たのですね。我南人が新聞を持ったまま店に顔を出しました。

「何でもねぇよ。どうせおめぇに留守番を頼んだって何にもできゃしねえんだからよ」

「あぁ、申し訳ないねぇえ」

全然申し訳なさそうな顔をしていません。我が息子ながら本当にこういうときにはどうしようもありません。

さて、どうしましょうか。何も手伝えないこの身がもどかしいのですが、亜美さんが眉間《みけん》に皺《しわ》を寄せた後に、ポン、と文机を叩きました。

「修平《しゅうへい》を呼びましょう」

「修平？」

あら、弟さんの修平さんですか。

「そういやぁあいつは大学院を辞めるとかどうとか言ってたんじゃなかったか」

「そうなんですよ。なんだかわけの判《わか》らないこと言って、まだ辞めてはいないんですけど、ゴロゴロしてるんですよ家で」

亜美さんとは十ばかりも年が離れているのですよね。すると、二十五、六になられた頃でしょうか。思えば青とそんなに年は変わらないのですよね。

何か行事があると脇坂《わきさか》さんご夫妻と一緒に、顔を出してはくれますが、申し訳ない言い方ですが、いつも影が薄いですね。明るくて覇気のある亜美さんとは正反対に、大人しい男性ですよ。

「呼ぶってのは、あれか、店の手伝いをさせようってかい」

「どうせゴロゴロしてるんだから、留守番代わりに。アルバイトで客商売はしているから大丈夫ですよ」

勘一が、むぅ、と唸《うな》って腕組みしました。

「やってくれるんならこっちは大助かりだけどなぁ」

「風采《ふうさい》もうだつも上がらないパッとしない弟ですけど」

あら、そんな風に言っては。祐円さんが大笑いします。

「亜美ちゃんと比べちゃあ可哀相《かわいそう》ってもんだよ」

あれですね、一概には言えないんでしょうけど、お姉さんが威勢の良い方だと弟さんは大人しくなるのでしょうかね。うちの藍子と紺も昔はそうでしたよね。

「修平くんかぁあ」

話を聞いていた我南人が、ふーん、と言いながら、勘一の湯呑みを持ち、お茶をずずっ、と啜りました。

「うちに来てぇ、手伝ってくれるなんて初めてのことだねぇ」

その言い方に何か含みでも感じましたかね。勘一が我南人をぎょろりと見ました。

「確かにそうだが、なんでぇ何かあったのか」

「いいやぁ、なんでもないねぇ」

そう言って立ち上がり、新聞をぽいと文机に置くとささささっと店を横切り外に出ていってしまいました。あの子の持ちものといえば財布と煙草だけですから、身軽でいいですね。

「まったくおかしな野郎だぜ」

あなたの息子なんですよ。まぁいつものことですけどね。

＊

亜美さんが電話をして、修平さんが明日手伝いに駆けつけてくれることになりました。

居間にいた紺と青とすずみさん、研人と花陽が会話を聞いていましたよ。

「修平おじさん、店番とかできるの？」

研人が、鈴花ちゃんにあんよは上手をしながら笑いましたけど、失礼ですよ。なんでもウェイターから荷物の配達まで一通りのアルバイトはこなしているそうです。

「前から訊《き》いてみようと思っていたんだけどさ」

紺です。

「修平くん、その後彼女は？」

ああ、と皆が亜美さんも含めて何故か残念そうに頷きました。以前お付き合いしていた方には、わずか二日で振られたという話は聞きましたが、失礼ですよ。

「まぁ顔はそんなにブサイクってわけでもないと思うんだけど、性格がねー」

お姉さんである亜美さんは遠慮がありません。確かに、怖いほど美しいと近所でも評判の亜美さんはどうやらお母さん似らしく、修平さんはお父さん似です。あれですよ、我が家のアキみたいに可愛らしい顔をしていますよね。

「でも優しいよ、修平おじさん」

花陽が言いました。

「男は優しいだけじゃダメなのよ花陽ちゃん」

すずみさんが何故か力強く頷きながら言い、青を見ました。

「じゃあ今はいないんだね」

青が視線を躱《かわ》すようにかんなちゃんをあやしながら訊くと、亜美さんはうーんと首を捻《ひね》ります。

「何をそんなに考えるの」

紺に訊かれて、亜美さん頷きます。

「実はね、これは秘密にしてほしいんだけど」

うんうん、といち早く反応したのは花陽とすずみさん。女の子は秘密という言葉に弱いですよね。

「あの子、どうやら道ならぬ恋をしているようなの」

まぁ、それはまた随分と古風な。青が苦笑いしました。

「いつの時代だよ義姉《ねえ》さん」

「いや、本当になのよ青ちゃん。そういうのもあって、大学院を辞める辞めないで塞《ふさ》ぎ込んでいるらしいのよね」

まったく話をしないのではっきりしたことはわからないそうなのですが、脇坂さん、亜美さんのお父さんがそう言っていたとか。

「道ならぬ恋って？　どういうもの？」

花陽が興味津々です。

「そこがわからないのよ。母なんかね、年上の子持ちの人妻に恋しているんじゃないかとか、逆にロリコンなんじゃないかとか」

「お義母《かあ》さん、ロリコンなんて知ってるの」

紺が驚いています。わたしだって知っていますよ。

「まぁあの通り修平は暗めで一見オタクっぽいしね。変なことをしでかさないかって、ちょっと心配してるのよ」

ふうむ、と全員が腕を組んで考えます。あらなんでしょう、座卓のへりにつかまって立っていた鈴花ちゃんまで眉間に皺を寄せました。あ、身体に力が入っていますよ。顔が赤くなってきました。これは。

「あ、オムツ！」

研人が気づきました。すずみさんがとっと走って仏間に行き、紙オムツを二つ持ってきます。不思議なもので、どちらかがすると、つられるのですよね。あぁやっぱりかんなちゃんも急に真剣な顔をして身体に力が入っています。

「それは何らかの根拠があるんだよね」

鈴花ちゃんのおむつを換えながら青が訊くと、亜美さんが頷きます。かんなちゃんのおむつは花陽が換え始めました。

「彼女がいるようなのは確かなの。たまに出掛ける様子とか、電話の雰囲気でね。でも、どうもそれが必要以上にこそこそしてたりなんだりで」

「怪しいってわけか」

ふーむ、とまた全員で考えています。あれですね、明日修平さんがやってきたら質問攻めにあうかもしれませんね。

「あらっ」

二階から降りてきた藍子が居間に顔を出しました。

「なかなか戻ってこないと思ったら。花陽、サボってないで手伝ってよ」

「あ、ゴメンなさい」

そうそう、明日の準備ですね。皆がいけないいけない、と、慌てて立ち上がりました。

勘一が店番をして、カフェには亜美さんと青が居ます。この組み合わせは珍しいですね。藍子は花陽と一緒に二階で荷物の整理をして、かんなちゃんと鈴花ちゃんのお相手は紺とマードックさんと研人ですね。

どしん、ばたん、と急に大きな音が二階から響いて、勘一が顔を顰《しか》めて天井を見上げました。

「騒々しいなおい」

何か荷物でも落としましたか。勘一が帳面に眼を戻すと、今度はぱたぱたと階段を駆け降りてくる足音が聞こえてきました。あの軽やかな足音は花陽でしょう。

「大じいちゃん！」

「なんでぇ騒がしい」

「これ！　こんなの棚の奥から出てきた！」

「うん？」

花陽が差し出したのは、古めかしい革の表紙の小さな本です。あらっ、これは。勘一が花陽から受け取って訝《いぶか》しげな顔をした後に、おお、と眼を丸くしました。

「こいつぁ懐かしいな」

わたしも数十年ぶりに見たような気がします。古い写真を保存しておいたスクラップブックですよ。

勘一が顔を綻《ほころ》ばせながら居間に戻って座卓でそれを開きました。なになに、と研人が寄ってきます。隣の仏間にかんなちゃんと鈴花ちゃんを寝かせた紺とマードックさんも座り、藍子も二階から降りてきて皆で覗《のぞ》き込みます。

「古い写真だねー」

「いやぁもうすっかり忘れていたぜ」

本当ですね。まぁ懐かしい。まだお元気だったお義父さんやお義母さんが写った写真もあります。ジョーさんにマリアさん、十郎《じゅうろう》さんにかずみちゃん。祐円さんもお若いですね。

「この人、ひょっとしてかずみおばさん？」

花陽が訊いて勘一が、おうよ、と頷きます。まだかずみちゃんが高校生の頃ですね。

「おじいちゃん！　若い！　子供だ！」

研人と二人でケラケラ笑います。あの我南人にだってこんなに可愛らしい頃はあったのですよ。

「あれ、これって〈東雲文庫《しののめ》〉じゃない」

紺が見ているのは、そうですね。静岡の〈東雲文庫〉の建物です。これは落成記念のときに皆で撮ったものでしょう。

「なにそれ」

「こりゃあなぁ」

研人も花陽も行ったことはありませんから、知りませんね。勘一が仏間の方を見ました。かんなちゃんと鈴花ちゃんがすやすや眠っている向こうの仏壇。わたしの写真を見たのでしょう。

「サチの実家が建てたもんよ。親戚《しんせき》である東雲家所蔵の蔵書をまとめてな、後世に伝えるためにってよ。まぁ要するに個人の図書館だな」

「大ばあちゃんの」

研人がわたしの方をちらっと見ました。あら見えちゃいましたか。

「たしか、ひいおばあさんのいえは、かけい、とだえたのですよね。にほんの、めいか、だったのに」

「そうだなぁ。子爵《ししやく》様の五条辻《ごじようつじ》家で、そこの当主だったサチの親父《おやじ》さんの姉さんが東雲さんでよ。まぁ昔はすっかり迷惑を掛けて、恩返しもろくすっぽできなかったな」

あれは昭和の二十九年でしたかね。文庫を建てて、蔵書をそこで整理するのをお手伝いしましたよね。そういえばそのときにはネズミも居ましたよ。今は市の持ちものになって、建物などは文化財に指定されていますよね。

五条辻の名前も消えてしまいましたし、伯母《おば》様がお亡くなりになってからは東雲とのお付き合いもちょっとした諍《いさか》いがあり、あまりなくなってしまいました。

「あぁ、そっか」

研人が写真をひらひらさせて言いました。

「拓郎《たくろう》おじさんと、セリおばさんがいるところだね」

そうです。あの二人が我が家で古本屋修業をしていたのは、もう三十年も前でしょうか。そう思えば我が家で一緒に過ごしてきた人はたくさん居ます。皆さん元気でやっているでしょうかね。

そこに「ごめんください」と、涼やかで軽やかな声が店に響きました。勘一がどっこらしょっと立ち上がり店に戻ると、すらりとした細面《ほそおもて》の男の子が立っています。

「いらっしゃい」

「あ、あの、堀田花陽さんはいますか」

「花陽？　友達かい？」

「はい、同じクラスの神林《かんばやし》です」

声を聞いて花陽が店に出てきました。

「あれ？　神林くんどうしたの」

白にカラフルな絵が入ったTシャツにジーンズという格好の神林くん。目元が涼しくきりりとして、賢そうな顔立ちの子ですね。花陽の反応に少し驚いた顔をしましたよ。

「忘れてたの？　今日太鼓チームの」

「あ！」

花陽がぴょんと飛び上がりました。

「忘れてた！　お母さん！」

まぁ、地元の和太鼓チームの練習か、あるいは何か打ち合わせがあったんでしょうね。

「今すぐ行くから待ってて！　ゴメン！」

花陽がバタバタと家の奥へ走っていきました。すみませんね、良い子なのですけど、誰に似たのかときどきポカをやらかします。勘一は苦笑いして、神林くんを見ました。

「すまねぇな、ちょいと待っててくれや」

「はい」

あぁいけませんね。また勘一は品定めをするような目付きで神林くんを見ていますよ。いくら曾孫《ひまご》が可愛いといっても花陽はまだ中学二年生。彼氏がどうとかいう考えは早いですよ。

「神林くんってのか」

「あ、はい。神林恭一《きょういち》です」

「花陽はどうだい、クラスで浮いたりしてねぇかい」

こういうご時世です。家では明るく元気な花陽ですが、そこら辺りは勘一も心配なのでしょう。優しく微笑《ほほえ》んで訊くと、神林くんニコッと笑って頷きました。

「ぜんぜん大丈夫です。堀田さん、みんなに頼られてますよ」

「頼られてる？」

あら、そうなのですか。

「すごく威勢が良くて義理人情に厚くて男気があるってみんな言ってます」

勘一が思わず大笑いしました。とても女の子に使う褒め言葉ではありませんが、まぁいいのですかね。そうですか、家ではわかりませんけど、学校で花陽はそういう評判なのですね。

「神林くん、ごめーん！」

花陽が靴を持って、飛ぶようにして店に戻ってきました。神林くんの顔を見て照れ笑いします。

「ところでどっち？」

どっち、とはなんでしょう。神林くんが頭を掻《か》いて苦笑いしました。

「恭一だよ」

「なんだよ、どっちって」

勘一が首を傾《かし》げました。花陽がころころっ、と笑います。

「神林くん、双子なんだよ。めちゃそっくりだからいつもどっちだかわかんないの。じゃ、すぐ帰ってくるからー」

二人で店を飛び出していきました。勘一が、おう、と頷きながら答えます。はい、行ってらっしゃい。

並んで歩く後ろ姿が、よく似合っていますね。身長差がちょうどいいみたいです。神林くん、なかなか見目がよろしいので、つい、ついてきてしまいました。いけませんね年寄りの出歯亀《でばがめ》みたいで。

「そういえばさ」

花陽が歩きながら横を見て声を掛けました。

「なに？」

「お兄さん、凌一《りよういち》くん、最近来ないよね練習に」

神林くん、うーんと唸りました。そっくりでどっちがどっちかわからないということであれば一卵性ということでしょう。こんなに凛々《りり》しい息子さんたちがいると、親御さんも鼻高々かもしれませんね。

「まぁ、最近忙しいんだ」

花陽がふーん、と頷きます。そういえば花陽が男友達と一緒にいる姿を見るのは初めてかもしれません。家ではいつも大勢の大人たちに囲まれている花陽ですが、やはり友達といるときの風情《ふぜい》は少し変わりますね。

年頃の女の子らしくて、なんだか少し安心しました。

二

一夜明けて、今日も朝から暑くなりそうなお天気ですね。

青い空のかなたに白い雲がもくもくと湧《わ》き立っていますけど、あれが大きくなってこちらに来ると夕立にでもなるでしょうか。蟬の声も一段と強くなっているような気がします。

いつものように賑やかな朝食を済ませた後は、いつもより慌ただしく皆が動き始めました。引っ越し組とお出掛け組の二手に分かれて準備が始まります。

そこに、からからと奥の玄関の開く音が響きました。

「ごめんください」

声がしましたけど、遠慮がちな響きですね。誰も気がつかないようですが、いち早く走っていったのはアキとサチです。嬉しそうな、ワンワン！　という声が二つ重なりました。

一足先に見に行きましたら、足下に絡みつくアキとサチを撫《な》でながら、所在なげに立っていたのは亜美さんの弟の修平さんでした。紺色のポロシャツにジーンズにスニーカー。太い黒縁眼鏡《くろぶちめがね》にぼさぼさの頭はいつものことです。工科の院生ですから頭の良いのは折り紙付きなのですが。

「あ、おはようございます！」

すずみさんが出て来てくれました。修平さん、ぺこんとお辞儀します。

「今日はすみません、朝早くからわざわざ」

「いえ、どうせ暇だから」

声を聞きつけて亜美さんも玄関に出てきました。

「修平、どうもね」

「うん」

「じゃ、さっそく、はい」

亜美さんが手渡したのは、緑色のエプロンです。赤い刺繍《ししゅう》文字で〈東京バンドワゴン〉と入っているのですが、これは花陽が小学校の頃に自由研究で作ったものですよ。

「これ、つけるの？」

亜美さん、にっこり笑います。

「あなたがぼーっとお店に座っていたって店員さんに見えないでしょう」

修平さん、苦笑いしながらエプロンを受けとりました。

「まぁまずは上がって。暑いでしょ。冷たい麦茶でも飲んでからにしなさい」

あれですね。お客様へは完璧《かんぺき》ともいえる接客をする亜美さんですが、やはり弟さんへの態度は少しいつもと変わりますね。ざっかけない中にお姉さんとしての気持ちが見え隠れします。すずみさんがちょっとにやにやしていますよ。

修平さんが亜美さんに麦茶を貰って居間で飲んでいるところに、からんころん、と古本屋のガラス戸が開いて、茅野さんが入ってきました。

「おお、来たかい」

「おはようございます」

ぺこりと頭を下げる茅野さん。今日の出《い》で立《た》ちは麻の生成《きな》りの開襟シャツに涼しげな薄いクリーム色のズボンに臙脂色《えんじいろ》のサスペンダー。飴色《あめいろ》のパナマ帽がよくお似合いです。白の麻のジャケットを腕に掛けて、相変わらず元刑事とは思えないぐらいお洒落《しゃれ》ですね。

さて、茅野さんの後ろに見慣れないお若い方がいらっしゃいますね。ぺこりと頭を下げました。

「すみません、茅野さん朝早くから」

荷物を運ぶためでしょう。スウェットの上下にエプロンという動きやすい格好の藍子が出てきて挨拶《あいさつ》をします。

「いやぁこちらこそ。お忙しいときにご主人を連れ出すことになって申し訳ないです」

茅野さん、それから後ろのお若い方を見ました。

「ご主人、こいつはね私の甥《おい》っ子でしてね」

「ほう」

奥さんの弟さんの息子さんだそうです。靖祐《やすひろ》さんというお名前で、まだ大学生だそうですよ。

「まぁ道々お話ししますが、ちょっと事情があって急に同行することになりました」

「そうかい。男ってのが色気がねぇけど、まぁ道連れが増えるのは賑やかになって結構なこった」

靖祐さん、よろしくお願いしますと頭を下げました。髪の毛がつんつんして長い前髪がひょういと垂れ下がって、今どきの軽やかな格好をしていらっしゃいますね。いかにも街を歩いている学生さんといった感じです。

「おい紺。準備はいいのか」

「あいよ」

紺が小振りのボストンバッグを抱えて店に出てきました。日帰りですけど暑いですからね。冷えた麦茶を入れた水筒とか、着替えのシャツなども入っているのでしょう。

「じゃあ、修平くんよ」

「あ、はい」

勘一が膝をついて居間を覗き込んで声を掛け、返事をする修平さんに笑いかけて片手をひょいと上げました。

「すまねぇが、今日一日よろしくな」

「はい、わかりました。いってらっしゃい」

さぁわたしはどうしましょうか。この後、かずみちゃんもやってきます。ちょっとそれまではこちらに居ましょうか。勘一たちが乗る新幹線の時間はわかっていますから、それまでに駅に行けばいいでしょう。

わたしも勘一と一緒にネズミのお墓に手を合わせてくるつもりです。もっとも、こんな姿でお墓の前に立って手を合わすのは、何か間違っているような気がして引っ掛かるんですが、まぁ気は心でしょう。

＊

隣に出来た藤島さんのアパートの名前はどうなるんだと皆で話していたのですが、これがまた予想外で、〈藤島ハウス〉となりました。ちょっと笑ってしまったのですが、本人は最初からそういう名前にするつもりだったようですよ。

二階の藤島さんの部屋には、もうある程度の荷物が運び込まれてまして、いつでも泊まるぐらいはできるようになっています。花陽などは藤島さんが会社を辞めたらそこで進学塾でもやればいいのに、なんて言ってました。まぁ確かにそれぐらいの広さはありますよ。

マードックさんの荷物が、お友だち数人の手でリヤカーで運ばれてきたようです。そうなのですよ、我が家の前の通りには大きな車が入ってこられないのです。軽自動車ならなんとかなるのですけれど、マードックさんの荷物は大切な作品も多く、かといってそれを全部軽トラックに積むほどきちんと梱包《こんぽう》するのも手間なので、人海戦術でピストン輸送することにしたのです。

アパートの前で待っている藍子と青と話しているのは、藤島さんの会社、S&Eの三《み》鷹《たか》さんですね。こちらに来るのは随分とお久しぶりですけど、相変わらずあの坊主頭のままなのですか。

「じゃあ、しばらくは藤島さん、向こうなんですね」

「一ヶ月ぐらいですかね。本人は早く帰ってきたいようだけど」

藤島さんとは高校時代からの付き合いで、かつ共同経営者の三鷹さん。以前、経営に悩んで休暇を取り、誰にも秘密でこの近くのお寺で精神修養をしていました。その関係で藤島さんより早く勘一や我南人とは顔見知りだったのですよね。

そろそろ会社に復帰しようかと思っていたときに、何も知らずにいた藤島さんが初めて我が家に古本を買いにやってきたのです。思えばこれも縁というものですよね。

三鷹さんは古本に興味はありませんので滅多にやってきませんが、どうやら藤島さんがアメリカに長期出張に出ているので、代わりに様子を見に来てくれたようです。申し訳ないですね。

「あの、三鷹さん」

「はい？」

藍子が何だかちょっと訊き辛《づら》そうな顔をしてから言いました。

「永坂《ながさか》さん、お元気ですか？」

三鷹さん、坊主頭をちょっと撫でました。

「元気元気、かな？　新しいところでもバリバリやってるみたいだって話は聞きます」

藤島さんの、いえ、社長室の秘書だった永坂杏里《あんり》さん。藤島さんへの思いは結局封印して、違う会社に移ったのです。聞けば、三鷹さんも藤島さんも永坂さんも、同じ大学で机を並べたお仲間だったとか。

「まぁ結局」

小さく溜息《ためいき》をついた後に、ちょっと口をへの字にして、三鷹さんは苦笑いしました。

「我が社は優秀な秘書を失ったんだけど、本人が元気でやってくれていれば、それでいいかなってね」

藍子も、こくんと頷きました。あら、研人はリヤカーを引っ張るのを手伝っていたんですか。いないと思ったらいつの間に。

「さて、俺も少し手伝いますかね」

申し訳ないですね、三鷹さん。

でもあれですね。華奢《きやしや》な藤島さんと違って、三鷹さんはなかなか筋肉質な身体をしていますから、こういうときには頼りがいがありますよ。


かずみちゃんの荷物を積んだ軽トラックも到着しました。ばたばたと荷下ろし作業が始まったところで、修平さんがどうしているかと店に戻ってみますと、なんですか緊張して背筋を伸ばして帳場に座っていました。さすがに正座はしていませんが、もう少し気楽にしていていいでしょうに。

「修平、アイスコーヒーどうぞ」

隣のカフェから亜美さんがグラスを手にしてやってきました。

「サンキュ」

「マネキンじゃないんだから、じっとしてなくていいのよ。本でも読んでいなさい」

言われて修平さん頷いて、亜美さんの背中を見送ってから、後ろの棚にあった古本を取り出しました。洋書のペーパーバックですね。エラリー・クイーンでしょうか。修平さん、原書を読めるのですね。

家の中はどたんばたんと騒がしいです。藍子の荷物を運び出し、納戸では大工さんがやってきて修繕を始め、青もちょろちょろと走り回っていますね。すずみさんと花陽は、かんなちゃんと鈴花ちゃんの様子を見ながら、家のこまごましたことを片づけています。あら、のそりと現れたのは我南人ですね。どこかへ出掛けていたと思ったら、いつの間に帰ってきたんでしょうか。

「修平くうぅん」

居間から入ってきていきなり修平さんの横にどっかと腰掛けました。修平さんいきなりでちょっとびっくりしてますよ。

「あ、おはようございます」

「どぉお？　店番はぁ」

「あ、いえ、まだお客さんも来てませんし」

「そうだねぇえ」

何をしに来たんでしょうねこの男は。煙草を取り出して火を点《つ》けました。修平さん、本を読むのに戻っていいのかどうか考えてますよ。

「修平くぅんも、お年頃だねぇ」

「はい？」

我南人はにやりと笑って、肩をバンバンと叩きました。

「脇坂家の長男だもんねぇ。お父さんお母さんも、早く修平くぅんにお嫁さんが来ないかなぁって思ってるだろうねぇえ」

「あ、はぁ、まぁ」

あれでしょうか。慣れない修平さんに気を使って、世間話でもしにきたのでしょうか。

それでしたらまぁ珍しく気の利いたことですけど。

「でも、まだ就職も決まってないですし。そっちが先かなって」

黒縁の眼鏡をちょっと上げて、修平さんが苦笑いします。

「あれだねぇ、大学院辞めるとか言ってるんだってぇ？」

ちょっと本に眼を落としてから、修平さんは小さく頷きました。

「なんか、ちょっといろいろ行き詰まっちゃって」

恥ずかしそうに笑いました。

「ダメなんですよね、僕。小さい頃からどうも中途半端で」

「中途半端な人間がぁ、T大の工科の大学院なんか行けないねぇえ」

そうですよ。あそこは難関で有名ですよね。余程の努力がないと行けません。

「お父さんも言ってたねぇ。修平くんはコツコツ努力して頑張っているってぇ」

ひょっとしたら我南人は脇坂さんに何か頼まれたのでしょうか。以前は亜美さんと紺の結婚問題で絶縁関係にあった脇坂家と我が家ですが、数年前にようやく和解しました。それもこれもこの我南人のせいだったのですが、和解してからは脇坂さん、すっかり我南人に心酔してしまってよく会っているようですから。

我が家に手伝いに行くと聞いて、息子にハッパでも掛けてくれと我南人に頼んだのでしょうかね。

カフェの電話が鳴りまして、亜美さんが出ている声が聞こえてきました。

「お義父さん」

亜美さんが受話器を持ってこちらに来ます。

「佳奈ちゃんから電話ですよ」

あら、折原美世さんですか。昨日噂《うわさ》をしていたばかりですが、我南人に電話というのは初めてですね。

「あー、どうもねぇえ」

いつものように大きな声で電話に出ます。居間にでも引っ込むかと思えば、そのまま修平さんの横に座り込んで話しています。

「うぅん、そうだねぇ。そうしてもらえるとぉありがたいなぁ」

にこにこと話していますが、なんでしょう、修平さんの頬《ほお》が少しひくひくしているように思えるのは気のせいでしょうか。電話を切った我南人が、修平さんの方を見ました。

「修平くんはぁあ」

「はい」

「佳奈ちゃんにここで会ったことあったかなぁ」

「あ、一度だけですけど」

「女優やってるときとは、イメージ違うよねぇえ」

「そう、でしたっけ」

なんでしょう、我南人の言い方が変ですね。いえ、変な喋《しゃべ》り方なのはいつものことなのですが。でも、それより何より、修平さんが随分と挙動不審になっていますよ。どうしたのでしょうか。

気になりますが、そろそろ新幹線の時間です。向こうに行ってみましょうか。

＊

駅に到着すると、ホームの椅子《いす》に勘一と茅野さんが座り、紺と靖祐さんが立って新幹線の準備が出来るのを待っていました。本当にこんなときにはこの身が便利ですね。知っているところなら、思えばすぐにそこに行けるのですから。

以前に岐阜へ出掛けたときには、紺の運転する車に乗っていきました。今回は新幹線を使って乗り継いで向かいます。二、三時間もあれば着くでしょうか。

お茶などを買って、紺が窓側、靖祐さんが真ん中で茅野さん。勘一は少しばかり図体が大きいですから通路を挟んで隣に一人座りました。どうやらそこの窓際が空いているようですから、わたしはそこに座らせていただきましょう。勘一と二人で並んで電車に座るなんて何年ぶりでしょうね。

「ネズミさんは、アメリカに行ったジョーさんの仲間だったんだよね」

紺が訊きました。

「そうだな。仲間というか、まぁ同じ穴の狢《むじな》だわな」

「私も以前にちらっとお話をお聞きしましたけど、お三方、いらしたんですな？　あの家で暮らしてアメリカに渡ったのは」

ジョーさん、マリアさん、十郎さんですね。勘一が頷くと、茅野さんが続けて訊きました。

「その後、どうされていたんです。アメリカに渡って」

「そうさな、ジョーの野郎はテキサスの方で、あれだ、でっかいトラクターとかを売ったりなんだりするような商売を始めてな。けっこう成功したようだぜ」

大きな会社を作ったのですよね。今はお孫さんが会社を継がれているはずです。

「マリアちゃんはジョーと一緒になったのよ。まぁこっちに居たときからそうなってい
たけどな」

お二人の息子さんも娘さんも毎年クリスマスカードを寄越《よこ》してくれますよね。一度も
会ったことはないのですが、何だか親戚のような感じです。

「十郎さんっていうのは、陸軍の情報部にいたんだよね」

「私の遠い遠い親戚みたいなもんですな」

茅野さんが笑います。

「十郎の旦那は、シカゴに行って、それがまぁパン屋を始めてな」

「パン屋ですか」

そうなのですよ。手紙でそれを知ったときには眼を丸くしましたよね。あの十郎さん
がパン屋さんなどと。

「アメリカ人の嫁さんも貰って子供もできて、まぁそれなりに静かに楽しく暮らしてい
たな。娘が二人できたらしいが、こちらは残念だけど付き合いはねぇな」

「あれ、でも」

紺です。

「リチャードさんは、そうなんだよね」

「おお、リチャードな。十郎の旦那のそれこそ甥っ子よ。奥さんの弟の子供な。これが

まぁ滅法《めっぽう》日本びいきらしくてな」

勘一が苦笑いしました。

「なんですか？」

「その甥っ子が所謂《いわゆる》〈オタク〉ってやつでよ。日本のアニメや漫画が大好きでな。最近でこそインターネットで簡単に買えるから言ってこなくなったけどよ。何度か秋葉原にお使いに行かされたなぁ」

イーサンさんですよね。さんを付けると被《かぶ》ってしまうので呼び難《にく》いのですけど、お元気でしょうかね。

「ちょうど甥っ子さんの話が出たところでね」

茅野さんが言います。

「今回、こいつを連れてきましたのはね。お話ししてお尋ねしたいことがあったんですよ」

茅野さん、靖祐さんを指で示した後に、勘一が買ってきた夏みかんをひとつ貰って皮を剝《む》きながら続けました。

「実はこいつ、今朝《けさ》早くに突然やってきましてね」

ほう、と勘一は頷きます。

「一人暮らしの部屋に戻るのはちょっと怖いので泊めてくれと」

「怖い？」

「昨日の夜に、サークルの夏休み合宿で妙な体験をしたとか」

へぇ、と紺が興味深げに靖祐さんを見ました。なんでしょう怖いとは。茅野さん、靖祐さんの実家は九州にあると続けました。靖祐さんの大学は静岡なので、暇なときには茅野さんの家によく顔を出すそうなんです。

「で？　妙な体験ってのはなんだい」

「古本に関するものなんですよ。それでこれも巡り合わせかなぁと思い連れてきたんです」

古本かい、と勘一は嬉しそうににやりとしながら、夏みかんを口に運びます。

「なんでも大学ではテニスサークルに入っていて、皆で三日間お寺で合宿をしたそうなんですよ」

最近はそういうのもあるのですよね。座禅を組んだり精進《しょうじん》料理を食べたり。お寺が有料でいろんなことをやっています。

「そこで、まぁ季節ですからね。夜中のレクリエーションで『百物語』をやったそうなんです」

「ほほぅ」

紺も勘一も同じように身を乗り出しました。『百物語』とはまた夏にはぴったりのレクリエーションですね。しかもお寺でやるとは、これ以上のものはないでしょう。それにしても怪談噺《かいだんばなし》は時代が変わっても本当に廃《すた》れることがありません。

「ということは、きちんとロウソクを立てて、一話話し終わる度に一本ずつ消してというふうに？」

紺が訊くと、今まで茅野さんにお話を任せていた靖祐さんが頷きました。

「そうなんすよ。お寺の本堂にまるーくなって座って、隣の部屋にロウソクを百本置いて、いちいち吹き消しに行って、ものすっごく本格的にやったんですよね」

そりゃあいいなぁと嬉しそうに紺が言いました。この子は本当にそういうものが好きですよ。茅野さんが話を続けます。

「それで、ひとつ違うパターンなのがですね、一人ずつ本を読んでいったそうなんです」

「本を？」

「よく言われるのは、その人が自分の知っている怪談噺を語っていくものですよね？ですが、そのときは趣向を凝らしたらしく、そのお寺に伝わる『百物語』が書かれた古い書物を一人が一話読んでいくというものだったらしいんですよ」

へぇえ、と勘一が眼を丸くします。

「するってぇと、その本は『諸国百物語』とかって話かい？」

それは江戸時代に書かれたものですよね。けれども確か相当に分量のある物語ですから、一晩で全部読むのは大変ですが。

「それがですね」

茅野さんは続けます。

「古い本ではあったけれどそんなに厚くはなかったと。そして、一話は一頁《ページ》か二頁ぐらいしかないほんの短いものなんですね。最初の一話目がこいつ、それから順番に一話ずつを八人全員で読んでいったと」

「ふむ」

「それで、実はその本には九十九話しか載っていないそうでして、実際九十九話で頁は終わっていたそうです。ところがですね」

茅野さん、雰囲気を出して声を潜めました。

「ルールを説明したお寺のお坊さんが言うにはですね、最後の九十九話を読んだ次の人間、つまりあるはずがない百話目を読むべき人間にですね、何か怪しげな事情があれば百話目が、なかったはずの頁がその本にすーっ、と現れるっていうことだったそうです」

「いいねぇいいねぇ」

「まぁこの靖祐、本人前にして悪いですけど、今どきの子なんでしょうけれど、ご覧の通り多少軽い男でしてね。もちろんそんなの信じていなかった。ただのお寺の修行を兼ねたお遊びと思っていたんですがね」

「あれか、話の流れからいって、お前さんが百話目を読んだ、と」

勘一が訊くと靖祐さん、頷きました。まぁなんでしょう、ちょっと顔色が悪いですよ。

「そうなんです。その本を一話ずつ読んで隣に回して、繰り返したんです。でも、ですね、横に並んだ人が『私で最後』って言って、僕に本が回ってきて」

「百物語は数えながら進んでいくからなぁ。そいつが『九十九話目、終わり』てんでロウソクを消したんだろ？」

「そうなんです」

靖祐さんが少し背筋を伸ばしました。

「確かにそうだったのに、そこで頁は終わっているはずだったのに、僕に回されてきたその本には、百話目があったんですよ。九十九話しかなかったのは最初に全員で確かめたのに」

余程怖かったのでしょうかね。靖祐さん身震いしましたよ。勘一が、訝しげに眼を細めて靖祐さんを見ました。

「成程《なるほど》ねぇ。そいつは確かに妙な話だな。で、その本は確かに古本だったんだな？」

「はい」

詳しくはないけど、確かに日本の古い本だったと。

「和綴《わと》じ、って言うんですよね。伯父《おじ》さんに教えてもらったんですけど」

「和綴じかぁ」

紺がふーん、と頷きながら顎《あご》に手をやります。成程、今の季節にはぴったりの話ですけど、確かに妙なお話ですね。

勘一が、むぅ、と腕を組んで天井を見上げました。

「どうですご主人。そんなような古書の話を聞いたことありますかね。少なくとも私はないんですが」

茅野さんに訊かれて、勘一が頷きます。

「おまえさん、靖祐くんよ」

「はい」

勘一がぎょろりと睨《にら》みます。

「そんなに怖がって、伯父さんの家に飛んで逃げていったってことはよぉ、その百話目を読んだってことだよな?」

靖祐さんの顔色が変わりました。

「はい」

「ってことはよぉ。そのないはずの頁があったってぇのも充分怖い話だがよ。そこに書いてあった怪談噺ってのも相当怖かったんじゃねぇのかい」

どうよ、と、にやりとしながら勘一は身を乗り出しました。

「いくらよ、今どきの若造ってもよ。なんか心当たりがあって、相当怖くなきゃあ伯父さんとこに逃げ込まねぇだろうよ」

茅野さんも頷きました。

「どうなんだ？　靖祐」

「そう、なんです」

なんだか可哀相なぐらい靖祐さん、脅《おび》えてますね。

「江戸時代の話なんですけど、よーするに浮気した男が、恋人の生き霊に取り殺されて、その恋人も身投げしちゃうって話なんですけど」

「ふむ」

怪談噺にはよくあるパターンですよね。でも、靖祐さん、思い出したのか身震いしましたよ。

「登場人物の名前が、僕の名前だったんです」

「ほう」

まぁ、それは偶然ですね。

「靖祐って名前が書いてあって、そして、生き霊になる恋人の名前も、字が違うけど彼女の名前だったんです。〈あやの〉っていう」

「じゃあ、あれだ」

紺です。

「身に覚えがあったんだ。綾乃《あやの》ちゃんっていうちゃんとした彼女がいるのに、君は浮気してたんだね？」

「そうなんです」

茅野さんがしょうもないなぁ、という風に肩を竦《すく》めました。

「というわけでしてね。堀田さんに、そういう、たとえば仕掛けでもあるような本が、古書に存在するなら少しはこいつの気が晴れるかと思いまして」

名前は、二人とも古風な名前なので偶然の一致とするにしても、と茅野さんは続けました。確かに、靖祐に綾乃とは古風な名前です。仮にその本が江戸時代の古書だとしても、あってもおかしくはないですね。

「ちょっと待ってよ」

何でしょう、紺が鞄《かばん》からペンを取り出し、何やらメモ帳に書きつけています。少し考えて、靖祐さんに言いました。

「さっきさ、サークルの人数は八人って言わなかった？」

「はい、八人です」

茅野さんが紺を見ます。

「それがどうかしましたか」

「いや、それで一話目を読んだのが靖祐くんなんだよね？」

「そうです」

「それで、あるはずのない百話目を読んだのも君？」

「はい」

紺が肩を竦めます。

「おかしいね」

「何がでぇ」

「計算が合わない」

「あ？　計算？」

うん、と頷き、紺はメモ帳を勘一に差し出しました。

「八人しか居ないのなら、最終的に靖祐くんが読むのは第九十七話なんだよ。百話目を読むのは君から進んで三番目の子のはず」

「あ」

靖祐さんが、すみません、と頭を下げました。

「住職さんの知り合いの女性の方が。八人では百物語を語るのに縁起が悪いとか言って」

「もう一人？」

「もう一人、入ったんです」

「それなら、確かに計算が合うね。一話目を君が読めば、ちょうど百話目にあたるわけだ」

紺がまたメモを取りながら数を数えて、頷きました。

何で八が縁起が悪いんでぇ、と勘一が文句を言いながら、また腕を組みます。

「女か。年の頃はどれぐらいだったよ」

「たぶん、四十代か、五十代か。それぐらいのおばさんでした」

ふーん、と頷き、唇を尖《とが》らせます。

「大学は、静岡だったよな」

「そうです」

勘一は、にやっと笑いました。あぁこの笑い方は何か企《たくら》んでいるときですよ。

「茅野さんよ」

「はいはい」

「墓参りを済ませたらよ、ちょいと観光でもしていこうかって話だったが予定変更でいいかよ」

「それは構いませんが」

どちらへ？　と訊いた茅野さんに勘一は言いました。

「静岡へ行こうぜ。俺も随分久しぶりだ」

何を考えているんでしょうね。わたしには皆目見当がつきませんが。

三

駅から車で十五分ほどだったでしょうか。

緑濃い小さな山の、ぽっこりと開けた随分と見晴らしの良いところにネズミのお墓はありました。市内を流れる川や町並みがとてもきれいに見えまして、ここで眠る方々は大層満足してらっしゃるでしょうね。

蟬時雨の中、懐かしい昔話をしながらお墓参りを済ませることができました。今頃はネズミも、ジョーさんやマリアさん、十郎さんたちと向こうで昔話に花を咲かせているのでしょうか。それとも、天国では若い姿になるなどと言いますから、あの当時の姿に戻ってまた皆で何か騒ぎでも起こしているかもしれません。わたしや勘一がお相手できるのはいつになりますか。もう少し待っててもらいましょうかね。

そのまま今度は静岡まで電車で移動です。さて、勘一はどこへ行くつもりなんでしょうね。お昼を過ぎていましたので、駅の中にあるレストランで少し遅い食事となりました。

「じいちゃん」

席に着くと紺が言いました。

「ひょっとしてさ、〈東雲文庫〉に行くの？」

「おうよ」

にやりと勘一が笑います。茅野さんが、少し眼を大きくしました。

「〈東雲文庫〉ですか」

「知ってるかい」

「名前だけは、ですね。一度は行ってみようかと思っていましたが、今まで縁はなかったですね」

そうかい、と勘一は頷いて続けます。

「うちの常連なんだから、茅野さんもまんざらあそこに縁がないわけでもねぇぜ」

「と言うと」

「あそこの管理を任されてんのは、うちの弟子みたいな連中なんだ」

そうですね。弟子などというのはおこがましいですけど、五年間ぐらいでしたか、我が家で皆と暮らしていた拓郎くんとセリちゃんです。

「僕が中学に上がるまでは一緒に住んでいたよね」

「将来は古本屋をやりたいっていう二人でよ。まぁ住み込みのお手伝いさんみたいなものだったな」

成程、と茅野さんが頷きました。

「一時は実家のある広島で古本屋をやっていたんだがな。まぁいろいろあって、今は一応図書館司書になるのか？」

「そうだね。〈東雲文庫〉は今は市の管理だから扱いとしては図書館になってる」

「ま、実質は管理人夫婦だ」

「そこへ向かっているということは」

勘一は、うむ、と頷きました。

「あれだな、昨日だか引っ越しのどさくさで古い写真が出てきて、久しぶりに〈東雲文庫〉の話なんか出たってのが、前触れってやつだったのかもな」

そういえばそうですね。虫の知らせとは少し違いますけど、世の中意外と不思議なことで成り立っているものだと思うこともあります。わたしが言うのも変ですけど。

「若造が読んだっていう、その百話目が出てくるってぇ本だがな」

「はい」

「〈東雲文庫〉所蔵の古典籍に似たようなものがあるんだよ」

「じゃあ、やっぱりそういう仕掛けが？」

茅野さんが訊くと勘一は頷きます。

「ま、着いてからのお楽しみだな」

そういうことですか。それでしたらわたしはわざわざ一緒に行かなくても、勘一たちが着いた頃に〈東雲文庫〉にお邪魔すればいいですね。

引っ越しの方はどうなりましたかね。ちょっと様子を見に行きましょうか。


どうやら荷物の運び込みはすっかり終わりまして、こちらもお昼時です。お店がありますので全員で食べるわけにはいきませんから、交代しながらの食事になります。

今日もまた随分と暑いのですが、だからといって冷たいお蕎麦《そば》とか冷や麦ばかりでは体力が落ちますよね。引っ越しで汗をかいた分、体力と塩分の補給、かつ皆が忙しくしていたので近所の〈光州〉さんからラーメンや餃子《ギョーザ》の出前を頼んだようです。

居間の座卓で青と修平さんとかずみちゃん、研人と花陽がそれぞれに好きなメニューを頼んで舌鼓を打っています。かんなちゃんと鈴花ちゃんは隣の仏間でお昼寝ですかね。扇風機が遠くから二人に風を運んでいます。カフェもお昼時ですので亜美さんとマードックさんと藍子の三人、古本屋の方はすずみさんが店番です。

「我南人ちゃんはどこ行ってるの」

かずみちゃんが花陽に訊きましたが、もちろん誰も知りませんので、全員が、さぁ、と首を捻ります。

「小《ち》っちゃい頃は、どこに行くにも誰かと一緒じゃなきゃ駄目だったのにねぇ」

「そうなの？」

「そうよ、おトイレに行くときまで私の手を握って一緒に来てって言ったのよ」

皆が信じられないと笑います。そんなこともありましたかね。我南人は一人っ子でしたから、かずみちゃんを本当のお姉さんのように慕っていましたよね。今でこそまさしく傍若無人な我南人ですが、かずみちゃんに対してだけは頭が上がらないし、妙に優しく気を使いますよ。

「修平くん、学校どうするの」

青がエビチャーハンを食べながら訊きました。修平さん、ううん、と頷き、メンマを口に入れました。

「どうするか、悩んではいるんだけど」

「何かやりたいとか考えてるの？」

そういえばこの二人、初めての出会いはなかなかスリリングでしたよね。あの後、二人で互いに謝り合って、あれこれ話していたように記憶しています。

思えば修平さんが我が家に来たときには必ず青の近くに居るような気がします。年齢が近くて話しやすいのでしょうかね。

「いろいろ考えているんだけど、なんか上手《うま》くいかなくて」

「ねぇ、修平おじさん」

花陽です。

「なに？」

「カノジョ、いないの？」

ちょうどラーメンを啜ったところだった修平さん、思わず噴き出しそうになりました。

「な、なんで」

眼を白黒させていますよ。

「なんでってことないけど、なんとなく」

花陽が無邪気そうに笑いますけど、これはあれですね。明らかに探ってますよね。修平さん、慌ててスープを飲み、れんげを置きました。

「青さんみたいにイイ男じゃないからね。いないよ」

汗をハンカチで拭《ふ》きながら、引《ひ》き攣《つ》った笑いを浮かべて立ち上がり、修平さんは店にいるすずみさんに声を掛けて交代しました。まぁあの様子からして、やはり何かあるようですね。花陽がちょっと首を傾げました。

「青ちゃんと比べたらほとんどの男はイイ男じゃないのにね」

青はそこで頷いてはいけませんよ。

＊

さて、勘一たちがもう〈東雲文庫〉に着いた頃合いでしょうか。

あぁ、ちょうど良かったです。タクシーにお金を払って紺が降りてきました。勘一と茅野さんと靖祐さんが門の前で〈東雲文庫〉の建物を眺めています。

「いやこれは予想以上に素晴らしい建物ですね」

茅野さんが感嘆しています。朱塗りの小振りの門などは本当に美しいですよね。建築に関しては何もわかりませんが、お寺のような和風の造りにところどころ西洋風の意匠を取り入れたものです。

「出来た当時は、何だか鼻につく成金趣味かと思ったけどなぁ。こうして時が経《た》つとなかなかどうして、味わいってぇもんが出てきたよな」

勘一も頷いて、門をくぐると、真四角の敷石が入口まで長く続きます。その周りには草木はほとんどなく、敷き詰められた小石に、大胆に配置された大岩がなんとも言えない枯れた雰囲気を醸し出しています。確かに図書館とは思えませんよね。

木の階段を昇り、これも見事な造作の重い扉を開けると、上がり口があり、脇には受付のガラス戸があります。

きいぃ、と音がしてそのガラス戸が開きました。中から出てきたのは、あぁお久しぶりですね。拓郎くんです。

「親父さん！」

まるでヒグマのような風貌《ふうぼう》の拓郎くん、一瞬驚いた表情をした後に、満面の笑みを湛《たた》えながら勘一に抱きつこうとしました。

「よく来てくれました！」

「暑苦しいってよバカ野郎近づくんじゃねぇよ」

このクソ暑いのになにするんだと勘一が笑います。そこに、続けてセリちゃんも出てきました。こちらも相変わらず小さくて、可愛らしいですね。

「紺ちゃん！　また大きくなった？」

紺も苦笑いです。

「もう大きくなるわけないでしょう」

そこで拓郎くんが、一緒に入ってきた茅野さんと靖祐さんを見ました。勘一がうむ、と頷きます。

「うちの常連でな、茅野さんてぇ元刑事さんとその甥っ子だ」

拓郎くんの表情が少し変わりました。そして、あれですよ、靖祐さんもさっきから微妙な表情で拓郎くんを見ていましたが、その口がパカッ、と開きました。

「あの！」

拓郎くんと靖祐さんが、それぞれの顔と勘一の顔をいったりきたりさせて見て、眼をぱちくりとさせます。

勘一、我が意を得たりとでもいうように、大きく頷きました。

「やっぱりそうだったかい」

「親父さん、これは」

「靖祐くんよ」

呼ばれた靖祐さん、声も出さずに勘一を見ました。

「この男が、おめぇさんが合宿に行ったっていう寺の坊さんじゃなかったかい」

こくこく、と頷きます。

「そして」

勘一がセリちゃんを見ました。

「この女の人が、おめぇの隣に座って第九十九話を読んだんだろ。違うか？」

「そ」

靖祐さん、ようやく声が出たようです。

「その通りです！」

拓郎くんが、ふうぅ、と息を吐き肩を落としました。やれやれと頭をごしごし擦《こす》ります。

「いつかは風の便りで耳に入るかなぁとは思っていたんですが、昨日の今日とはね。まったく、親父さんは地獄耳ですか」

「てやんでぇ、俺だって別に聞きたくて聞いたわけじゃねぇぞ」

紺が何かを納得したように頷きながら言いました。

「まぁとにかく、どこかに落ち着こうよ」

応接室に通されて、皆で布張りの、猫脚になっている椅子に座ります。懐かしいですね。この部屋はまるで洋館の塔のように六角形の形をしていて、窓が多く裏庭がよく見えます。開館のお手伝いに来たとき以来ですから、随分と緑が濃くなったような気がしますよ。

拓郎くんとセリちゃんに、どうして勘一が靖祐くんを連れてくることになったのかを説明すると、なんてこったい、と頭を振っていました。本当に偶然ですよね。まさかうちの常連の茅野さんの甥ごさんだったとはね。

「まぁまずはこの若造によ、あの本を見せてやれよ」

勘一に言われて拓郎くん、さっき持ってきた桐箱を開けました。そこに収められていたのは、紺色の表紙の和綴じ本です。随分ときれいな古書ですが、確かに年代を感じさせます。

紺が白手袋をはめて、本を取り出しました。題名は『後説百物語』となってます。紺がじっと表紙を眺め、天や地をじっくり眺めます。ぱらりと頁を開きまた眺めて、それから拓郎くんを見て、にこっと笑いました。

「拓郎さん、上手く作ったね」

「わかったか。随分目利きになりやがって」

そりゃあ、一時は店を任せようとした孫です。それに元々大学でも日本の古典を専門にやっていたのですからね。和物の古典本に関しての知識と目利きは勘一以上でしょうね。

「作り物でしたか」

茅野さんが、横から本を眺めて唸りました。

「まぁ仮にもうちで修業したんだ。この程度のもんをささっと造本できねぇと困るってもんだ」

勘一が紺の手から本を受け取り、最後の頁を捲《めく》りました。

「おい、靖祐くんよ」

「あ、はい」

「よっく見とけよ」

勘一が裏表紙を少し強めに開けて、そこにほんのわずかに見えた紙の端を器用に抓《つま》むと、するすると引き出してきました。まぁ、そんな仕掛けが。茅野さんも靖祐さんも驚いて眼を見開きます。

「これで最初はなかったはずの頁が現れるって寸法だ。表表紙が二重になっててな、そこに仕舞い込まれてるって仕掛けよ。このまま ちょいと強く引っ張ってやればストッパーになってる折り目が外れて、この頁はするりと抜ける。江戸中期に仕掛け本として作られた〈狐陰の葉〉ってもんよ」

「〈狐陰の葉〉ですか」

勘一、うむ、と頷きます。

「庶民のお遊びのために作られたもんだし、これ、こうして」

するりとその頁を抜き取りました。

「強く引っ張れば簡単に取れちまう。取れちまったら最後、元に戻すのはかなりやっかいな作業なもんだから、あっという間に廃れちまったし、文献に残るだけでほとんど現存はしてねぇはずだ。俺が知ってる限り現物はここにしかねぇよ」

じゃあこれはその文献を基にして、拓郎くんが造本したものなんですね。勘一が抜き取った頁をひらひらさせて、靖祐さんに見せました。

「ここまで聞きゃあよ、おつむの軽そうなおめぇにもわかるだろうよ。ここに書かれた女の生き霊の怪談噺が、わざわざおめぇのために書かれたってのはよ」

靖祐さん、大きな溜息をついて、肩を落としました。茅野さんは何をやらかしたんだお前はというような顔で甥ごさんを見つめましたよ。

「わかりました。同じサークルの女の子です。そうですよね、中川ゆかりに頼まれたんでしょう？」

拓郎くん、セリちゃんと顔を見合わせて、うむ、と頷きました。

「察するところ、そのゆかりってぇ女の子が、おめぇと付き合ってる綾乃ちゃんてぇ女の子と仲が良いってわけだな？」

あぁ、成程、そういうことですか。ようやくわたしの頭の中でも全部が繋《つな》がりました。これは、恋人がいるのに他の女の子と浮気している、あるいは二股《ふたまた》でも掛けている靖祐さんを懲らしめるために仕掛けた狂言芝居だったと。

拓郎くん、我が家で修業したのはいいんですが、勘一のそういうようなところまで受け継いでしまいましたよね。

「大方よ、さんざ脅かして怖がらせておいて、明るくなったところで取《と》っ捕《つか》まえて、これこれこういうわけだから浮気も程々にしとけよって説教する予定だったのによ」

「靖祐くんが、予想外に素早く逃げ出してしまったんだ」

紺が言うと、靖祐さん以外が苦笑いしました。

「お察しの通りです」

そう言って拓郎くん、髭《ひげ》の辺りを擦りながら皆に言います。

「そのゆかりちゃんはここの常連さんでしてね。うちのやつとも仲が良いんですよ」

セリちゃんが頷きました。拓郎くんは少し微笑んで続けます。

「俺らには子供がいないんですよ」

そうでした。随分と欲しがっていたんですが、残念ですよね。

「ゆかりちゃんは小さい頃からお母さんがいなくて、お父さんとの二人暮らしでね。まぁ小さい頃から本好きの子供で、なんだか随分こいつを慕ってくれて、こいつも娘のようにして可愛がっていたんですよ。それである日相談を受けましてね」

「親友がカレシのことで泣いているんだけど、どうしたらいいんだろうって言うんですよ」

セリちゃん、優しく微笑みながら言いました。

「その、ゆかりちゃんがね、あんまりにも友達のために真剣に悩んでいるものだから、つい可哀相になっちゃって、お節介だとは思ったんですけど」

拓郎くんが勘一から百話目の頁を受け取って、茅野さんに頭を下げましたよ。

「しかしまさか伯父上さんにまでご迷惑を掛けてしまうとは、まったく予想してませんでした。申し訳ありませんでした！」

「いやいや、そんな」

　茅野さん、慌てて腰を浮かして同じく頭を下げました。

「こちらこそ、この不肖の甥っ子がご面倒を掛けたようでして、申し訳なかったです。こいつの伯母である妻に代わって、この通りです」

　いやいやいやいやいやと言い合う二人に、勘一が笑います。

「まぁいちばん反省してもらわなきゃならねぇのは、靖祐くんよ、おめぇさんだけど、どうだい？　反省する気になったかい。それとも逆効果だったかい」

　靖祐さん、下を向いて頭をボリボリ掻いています。勘一が続けました。

「若《わ》けぇもんの色恋沙汰《ざた》によ、他人様《ひとさま》が首を突っ込んでどうこうってのは確かに野暮でお節介ってもんだけどよぉ、おい」

　顔を上げた靖祐さんに、勘一は、にいっ、と笑いかけました。

「綾乃ちゃんてぇのはきっと良い娘さんなんだろうさ。そのゆかりちゃんもただおめぇを懲らしめるためだけじゃねぇ、おめぇも根っこのところでは良い男なんだろう。ゆかりちゃんもそう思って、二人の幸せを願うからこそ、こいつに頼んだんじゃねぇかな。なんとかしてほしいってさ。そんな事情でもなきゃあ、この拓郎って男はこんな真似《まね》はしねぇよ」

靖祐さん、勘一の顔をじーっと見てから、こくん、と頷きました。

「マジで、ビビったんすよ、昨夜《ゆうべ》」

拓郎くんやセリちゃんの方を向きました。

「あの百話目で、綾乃の名前を見た瞬間に、ものすごい寒気がして、それからなんか自分でもわかんないうちに、いろんな場面が頭に浮かんできて」

「いろんな場面って？」

隣に座っていた紺が訊きます。

「僕がウソをついたときの綾乃の悲しそうな顔とか、帰るときの淋《さび》しそうな背中とか、何か言いたそうにしているときの表情とか、なんか、いろいろ」

そんなものをいろいろ覚えているぐらい、嘘《うそ》をついたのですね。でも覚えているということは、申し訳ないという気持ちもあったのでしょう。

「そうしたら、なんか、そのページからあいつの泣き声が響いてきたような気がして」

「怖くなったんだ」

「そうなんすけど」

少し眼を伏せました。

「怖かったんだけど、すごく悲しくなって、僕も泣きたくなってきて。その話、最後に綾乃が池に身を投げるじゃないですか。やめてくれって、僕が悪かったたって、なんかその場で叫び出したくなって、あぁ僕やっぱり綾乃が好きなんだって、勝手だけど、本当にすんげぇ勝手だけど思って」

　にやり、と勘一が笑って言いました。

「じゃあそのまんま綾乃ちゃんのところに行ってやりゃあいいものをよ。こんな爺《じい》さんのところに逃げ込まんでもよ」

「堀田さん、そりゃあそうですけど、私が浮かばれんでしょうよ」

　皆が大笑いします。紺が続けて言いました。

「そうやって、ちょっとでも後悔したんだったら、これから綾乃ちゃんに優しくしてあげるんだね」

「はい」

「浮気も止《や》めてね」

　セリちゃんがそう言った後に、わざとらしくちらっと拓郎くんの顔を見ました。

「なんだよそりゃあ」

「そういやぁおめぇたちも大喧嘩《おおげんか》したよなぁ、浮気したしないでよ」

「勘弁してくださいよ昔のことは」

　それにしても、拓郎くんのお坊さんの姿というのは似合うでしょうね。この辺りでは顔の利く拓郎くんですから、そこのお寺の住職さんとも御昵懇《ごじっこん》でそういうことを仕掛けたのでしょう。

とりあえず、丸く収まったようですから、わたしは家に戻ってみましょうか。そろそろ引っ越しも落ち着いた頃でしょうかね。

四

先に〈藤島ハウス〉を覗いてみますと、一階の藍子とマードックさんの部屋では、二人が黙々と整理をしていました。広くて綺麗で良いですよね。新婚さん気分をしっかり味わえるのではないでしょうか。でも、毎日のご飯は変わらず我が家で食べるそうですよ。まぁお隣ですから面倒なことはないですけどね。

「あいこさん」

「なぁに?」

「ほったさんの、いもうとさん、よしこさん、こないのですかね」

淑子さんの話ですか。藤島さんは本当に良い人で、葉山の別荘で一人暮らす淑子さんもここに入居してもらえばと言っていたのですが。

藍子が、こくん、と頷きました。

「気候は向こうの方がいいし、淑子さんもその方が気楽でいいみたいね。ほら、急にこんな賑やかなところに来ちゃったら」

ねぇ、と笑いました。確かにそうだと思います。

「それに、お医者様の話では、ガンの進行は止まっているんですって。日本に帰ってきていろいろ精神的に余裕が出来たのが良かったんじゃないかって」

「それは、よかったです。ほったさんもよろこんでいますね」

「そうね」

何十年ぶりに再会した兄妹ですからね。淑子さん、月に一、二回は我が家にやってきてご飯を食べて泊まっていきます。できるだけ長くそういう日々が続くことを願っていますよ。

お隣のかずみちゃんの部屋では、かずみちゃんの片づけを花陽と研人が手伝っていました。家具などはきちんと収まっているようですから、後は子供たちだけで充分なのでしょう。これからはかずみちゃんも我が家の食卓につくことになりますから、ますます賑やかになっていきます。

「ねぇかずみおばさん」

「あ、かずみちゃんって呼んでって言ったでしょ」

「はいはい、なぁに」

花陽が簞笥《たんす》の中に服を仕舞いながら訊きました。

「お医者様になるのって、大変だよね。お金も掛かるし」

あら、随分と真面目《まじめ》な顔をして訊きますね。かずみちゃんもちょっとだけ眼を丸くしました。

「私の頃と今とは随分違うけどねぇ。まぁそりゃあ勉強も大変だしお金もたくさん掛かるけど」

「なに、花陽ちゃん医者になるの？」

研人がびっくりしたように訊くと、うーん、と花陽が首を傾げました。この顔は思いつきや冗談ではないようですね。

「ほら、我が家って年寄りが多いし、高齢化がどんどん進んでいるでしょ。大じいちゃんだってあと二十年は生きるかもしれないし」

確かにそうですね。

「大じいちゃんが二十年生きて百歳になったら、おじいちゃんは八十歳で、お母さんだって六十近くなるんだよ。もうどこを見ても老人ばっかりじゃない」

かずみちゃんがからからと笑いました。

「私も九十になっちゃうねぇ」

「だからね」

花陽が、ぽんぽん、と埃《ほこり》を払って立ち上がります。

「お医者様になるっていうのも、ありかなぁってかずみちゃん見てて思ったの」

かずみちゃん、嬉しそうに笑って、うん、と頷きました。

「求めなければ道は開けない。自分の将来をきちんと考えるのは良いことよ」

「でもさー」

研人です。

「医大とかってめっちゃお金かかるんでしょ。うち、貧乏だよ？」

そうなのよねー、と花陽も頭《こうべ》を垂れます。貧乏はさすがに言い過ぎですが、決して裕福ではありませんね。

「おじいちゃんがまたドカーン！　とヒット曲でも出してくれればね」

あまり期待をしてもいけませんし、まだ子供のうちからお金の心配をしてはいけませんよ。花陽は成績もそこそこ良いし、今からちゃんと勉強すればお医者さんになることもできます。子供の可能性は無限大です。

かずみちゃんがにこにこ笑いながら、花陽の頭をぽんぽん、と叩きました。

「まぁお金のこととかは心配しなさんな。やりたいことが出来たのならね、子供はそれに向かって突き進んでいけばいいんだよ」

それをきちんとフォローするのが大人の仕事なんだからね、と続けます。その通りです。

「そうだ、いざとなったら私が花陽ちゃんを医大に行かせてあげるよ」

「えっ」

研人が眼を丸くしました。

「かずみちゃん、そんなにお金持ちなの？」

「あら、伊達《だて》に何十年間も医者やってきたわけじゃないのよ。私が脅しを掛ければ裏口入学でも何でも」

冗談めかすかずみちゃんに、研人も花陽もなんだー、と言って笑います。かずみちゃんは長い間それこそ手弁当で無医村医療を続けてきた人です。余裕などあるはずもありません。

「でもね、花陽ちゃん」

かずみちゃん、すとん、と花陽の前にきちんと座りました。花陽は何事かと慌てて座って、研人も釣られて座ります。

「うん」

「花陽ちゃんが本当にお医者さんになりたいって思ったときには、言ってね。私が教えられることは全部教える。この短い命に代えても、全部使ってでも、できることはなんでもするから」

真剣な瞳《ひとみ》で、でも微笑みながらかずみちゃんはそう言って花陽の手を握りました。花陽がちょっとびっくりしながらも、頷きました。研人も眼をぱちくりとさせてかずみちゃんを見ています。

「私はね」

「うん」

「あなたたちの大じいちゃんの勘一、そして勘一の両親の草平さんと美稲《みね》さんに、この命を差し出してもまだまだ足りないほどの恩を受けたの。赤の他人の子供なのに、溢れるほどの愛情を貰って、あの時代を生き抜くことができて、とんでもない程の苦労を掛けて、お医者さんになることができて、今までやってこられたの。だからね」

いろいろ昔のことが浮かんできたのでしょうか。かずみちゃんの瞳が少し潤んでいます。あぁなんだかわたしも思い出してしまいました。

「もし、私が、花陽ちゃんや研人くんにできることがあるなら、何でもしてあげたいの。したいの。それが、恩に報いることにもなるの」

そんな風に思わなくたっていいのに、ありがたいですね。花陽はともかく、研人にかずみちゃんの気持ちが理解できるでしょうか。わかるでしょうね。心根の優しい子ですから。

「うん、わかった」

花陽がにこっと笑って頷きました。

「あ、でも」

ぽんぽん、と二人の手を順番に叩いてかずみちゃんが言います。

「普段のお小遣いとかは甘やかさないからね。言ってきても無駄よ」

なんだー、と研人が言って、花陽が研人の頭をぽん、と叩いて皆で笑いました。なんだか初めて会った時のかずみちゃんを思い出してしまいました。研人より少し小さいぐらいだったのですよね。

古本屋の帳場には青が座って、在庫の整理帳を付けていました。修平さんはエプロン姿で棚の整理をしています。もうすっかり慣れた様子で、なかなか堂に入っていますから、進路が決まるまではこうしてお手伝いをしてもらえるかもしれません。

カフェの方には亜美さんとすずみさん。鈴花ちゃんとかんなちゃんは仏間ですやすやとまだお昼寝ですね。二階では大工さんの作業する音が響いています。夕方まではかかるでしょうか。

からんころんと土鈴の音が響いて、古本屋のガラス戸が開きました。お客さんでしょうか。青が笑顔になり、「いらっしゃい」と言い、修平さんも笑顔で振り向いたものの、そのまま固まってしまいました。

ジーンズに白いシャツブラウスと、とても気軽な格好をしてはいますが、佳奈さんですね。女優の折原美世さんです。まっすぐ古本屋に入ってくるのは珍しいですね。

「久しぶりだね」

青が言うと、佳奈さん、こくん、と頷きます。修平さんは女優さんが入ってきたのでびっくりしたのでしょうか。佳奈さん、ほんの少し修平さんを見つめてから、青に訊きました。

「今日は、皆さんは」

青がちょっと考えて、言います。

「兄貴とじいちゃんは出ているんだ。夕方、あぁもう少しで帰ってくるかな？」

実は引っ越しでバタバタしていて、マードックさんや藍子、研人と花陽は隣のアパートにいることを説明すると、佳奈さん、微笑んで頷きました。

「実は、明後日《あさって》、フランスに行くことになったんです。それでしばらく日本を留守にしますので、ちょっとご挨拶にと思ったんです」

あぁ、例の大作映画ですね。確か一年以上向こうで撮影するんですよね。青が椅子を勧めながらにこやかに頷きます。

「大変だよね。なんか飲む？」

「あ、いえ」

佳奈さん、椅子に座ることはせずに、何か躊躇《ためら》うような表情を見せました。そして、いつの間にかこちらに背を向けて本の整理をしている修平さんに向かいましたよ。

「修平さん」

修平さんの背中がびくんと震えました。

「こっちを、見てもくれないんですか」

まぁ、お知り合いだったのですか？　青がびっくりして二人の様子を見ています。

「私、明後日、フランスに行きます」

修平さんがゆっくりと振り返りました。けれども、少し俯《うつむ》いたままです。

「何も、言ってくれないんですか」

修平さん、答えません。

「このまま、私たちは、終わりなんですか」

気のせいでしょうか。佳奈さんの瞳が潤んでいるように見えます。これは、どうしたことかと思いましたけど、わたしもいい加減年寄りですからね、いえ死んじゃってますけど、判りますよ。愁嘆場ということなのでしょう。この二人は、付き合っていたということなんでしょうか。

修平さん、まだ下を向いたままです。人間の感覚というのは不思議ですよね。かすかに聞こえる声の様子から只事《ただごと》ではない雰囲気を感じたのでしょう。すずみさんと亜美さ

あら、いつの間に帰ってきたのでしょう。我南人が居間からのそりと姿を現しました。

んがカフェの方からこちらの様子を窺《うかが》っています。

「修平さん」

佳奈さん、少し声が震えています。

確かに、失礼ですが、この一見不釣り合いな二人が出会う可能性はありましたよね。

お互いに我が家に出入りしてますし、佳奈さんは紺の奥さんであり修平さんのお姉さん
の亜美さんと仲良しでしたよ。カフェに来てもよく話していましたし、一緒にお買い物
に出掛けたこともありました。

でも、まさか、まさかですね。

「こんな」

小さな声で修平さんが言いました。

「なに？」

「堀田さんたちはともかく、人前で、隣はカフェなのに、誰かに聞かれたらどうするん
だよ」

「私は平気です」

確かにカフェにはお客さんが数人いますけど、音楽もかかっているし普通に話してい
る分には聞こえませんよ。

「僕は」

修平さんです。まだ下を向いたままです。

「君に、ふさわしくない」

小さい声で、そう言いました。青もすずみさんも、そして修平さんのお姉さんである亜美さんもどうなるものかとじっと見ていました。

そして我南人も顔を顰めながらじっと見ていましたが、いつの間にか手にしていた古本で、青の肩をぽんぽん、と軽く叩きました。

青が何かと思いその本と我南人を順番に見ます。売り物でしょうか、どこかから持ってきた持ち込みの本でしょうか。

青は、さらに眼を細めてその本を見つめていますよ。なんでしょう、我南人と顔を見合わせて何やら頷きました。亜美さんがゆっくりとカフェから古本屋の方に足を運びました。姉としてこれは黙って見ていられないと思ったのでしょうか。

修平さんは、相変わらず下を向いたまま、唇を真一文字に結び、拳《こぶし》を固く握りしめています。佳奈さんは、潤ませた瞳をまっすぐに修平さんに向けたままです。

もう間違いなくこれはお付き合いしていたのですね。

察するに、脇坂さんたちが感じていた修平さんの道ならぬ恋とはこのことだったのでしょう。身分なんてものではないですが、あまりにも住む世界が違う二人。ひっそりとお互いの気持ちを育《はぐく》んでいたのでしょう。

「あのね」

亜美さんです。佳奈さんがゆっくりと、顔を向けました。修平さんも顔を上げました。

「全然知らなかったんだけど、そういうことだったの？　付き合っていたの？」

佳奈さんがこくりと頷きます。

「えーと、それで、ひょっとしたら」

「私は」

佳奈さんが、無理して微笑んで亜美さんに言います。

「長い間、日本を離れることになっちゃって、修平さんにお願いしたんです。もう、隠して付き合いたくないと。でも」

「修平は、あれね、佳奈ちゃんのものすごい大きなチャンスに、自分なんかと恋人同士だってことがわかると、マイナスになるとか言って、別れようとかってそんなこと言い出したってわけ？」

佳奈さん、唇を噛《か》みしめて小さく頷きました。そういうことですか。亜美さんは、納得したようにゆっくりと頷きます。すずみさんもうんうんと首を縦に動かしました。

「修平、あなたね」

亜美さんです。

「まぁ佳奈さんの人生の最大のチャンスに、身を引こうって気持ちは理解できるわよ。でもね」

「いいんだよ」

修平さんが弱々しい調子で言いました。

「何も知らないんだから、口を出さないでよ」

「修平」

「いいんだって」

笑顔を作りました。でもその無理やりな笑顔が痛々しいですね。

「これから彼女は、スターへの階段を昇っていくんだよ？　すごいチャンスなんだよ。そんなときにカレシがいますって宣言してどうするんだよ。お相手が佳奈さんよりもすごいスターだったら逆にいい宣伝になるのかもしれないけど、僕だよ？」

自分を指差《さ》して、苦笑いします。

「こんな冴えない、将来の当てもない、どうしようもない男と付き合っているなんて、どう考えたってマイナスでしかないじゃないか」

誰も何も言えませんね。そんなに卑下する必要はまったくありませんし、恋にはそんなの関係ないのですが、修平さんの気持ちもわからなくはありません。

「まぁ、そうだな」

急に声を上げたのは、青です。ゆっくりと立ち上がって、帳場から降りました。どうしましたかね。顔つきが妙に真剣ですよ。

「こんないい女にそこまで言われてんのに、うじうじしやがってさ。男の風上にも置けないな」

歩を進め、佳奈さんの前に立ちました。佳奈さんが青を見ます。二人で見つめ合いましたが、これは何というか、さすがに青ですね。女優さんと並んでもまるで引けを取りません。まるでドラマの主役同士みたいです。

「佳奈」

青が佳奈さんを呼び捨てにしました。皆が眼を丸くします。修平さんも思わず身体が前に出ましたよ。

「だから言ったろ。止めておけって」

何のことでしょう。佳奈さんはじっと青を見つめています。

「こんな情けない男にマジになんないでさ、俺とそのまま遊んでいりゃ良かったんだよ。お前はそういう女なんだよ」

「青さん」

どういうことですか。亜美さんの顔つきが変わってきました。すずみさんが一歩前に出ました。

まさか、青。

修平さんは、口をぱかんと開けました。

「見ろよ。俺が離婚覚悟で愛人ともう一度うまくやろうって話してんのに、あいつはああして固まったままなんだぜ。どうしようもないじゃないか。俺の方がよっぽど度胸があるぜ。カミさんも眼の前にいるのに、あえて修羅場をやろうってんだからさ」

佳奈さんが、ゆっくり振り返ってすずみさんを見ました。亜美さんが口をぱくぱくさせています。すずみさんは眼をぱちくりさせています。

「考えてもみろよ。俺はあの我南人の息子だぜ？　言ってみりゃあサラブレッドだ。役者経験もあるし、スキャンダルになるんだったら、よっぽどこっちの方がメリットあるじゃないか」

青が、半身になって修平さんの方を見ました。

「ま、結婚して子供もできた身だから一度は諦《あきら》めたけどさ。俺も覚悟を決めたよ。これでマスコミにどかんとぶちかまして芸能界に殴り込むってのもいいんじゃないかな。おい修平くんよ。たった今から」

青が、佳奈さんの肩に腕を回してぐっと引き寄せました。佳奈さん、そのまま青の胸の中に倒れ込みます。

「青さん、私」

「何も言うな。お前は俺のものだ。昔みたいにな。いいな？　修平」

修平さんが、小さく震えています。

「ふざけるな！」

驚きました。店の本棚が震えるような大声です。修平さんが一歩大きく踏み出して青に摑《つか》みかかりました。そのままの勢いで引き戻し、佳奈さんから引きはがして本棚に思いっきり強く青を押し付けました。

大きな音がして本棚が揺れます。もちろんそれぐらいで倒れるような造りの棚じゃありませんけど、亜美さんもすずみさんも思わず小さな悲鳴を上げました。

「青さん！　冗談じゃないよ、冗談じゃないよ！　どれだけ、どれだけ僕が佳奈のことを、絶対にバレないように、彼女の人気の邪魔にならないように、どれだけ」

修平さんが真っ赤になって怒っています。声が震えています。叫びたいのを抑えているのでしょう。この場においても気を使っているんですね。

「どれだけ、佳奈を大事に大切に思ってきたか、青さん、あんた、あんた！」

青は胸ぐらを摑まれて本棚にぐいぐい押し付けられたまま、無言で修平さんを見ています。

「許さない。そんなことは、僕が絶対にさせない！　佳奈は僕の恋人だ！」

一際強く、重々しく迫力のある声で修平さんが言いました。

青がそれを聞いて、にやっと笑いました。

「聞いたかい、佳奈ちゃん」

青が身体の力を抜きました。

「え？」

修平さんが思わず佳奈さんの方を振り返りました。まぁ、我南人が佳奈さんの肩に手を回しているじゃありませんか。いつの間にこの男は。

「聞こえたよねぇぇ、佳奈ちゃんぅ」

佳奈さん、涙ぐみながら微笑み、頷きました。

「え？」

今度は亜美さんもぽかんとします。あら、すずみさんは何故か頷いていますね。小さくガッツポーズまでしてますよ。

「まったくもう」

青が手を伸ばして修平さんの腕を摑み、ポンと払いのけました。修平さんは呆然《ぼうぜん》としていますよ。

「いざとなったらそんな力も出るし、度胸もあるんじゃないか修平くん」

「え、いや」

ニッコリ笑って青は修平さんの肩を叩きました。

ますよ。

「演技演技。なかなか真に迫っていただろ？」

「嘘？」

「う、そ」

青が笑ってすずみさんを見ました。すずみさん、顔をくしゃっと顰めながら笑ってい
「え、でも、あの」

修平さんが混乱していますよ。無理もないです。わたしも何がなんやら。一体、青はどうしてこんなことを。

我南人が今度は佳奈さんの両肩を摑んで、ゆっくりと修平さんの方へ押し出しました。

「LOVEだねぇ」

またそれですか。

「修平くぅん」

「あ、はい」

「前からねぇ、佳奈ちゃんに相談されていたんだぁ。君とのことをねぇ。それと、脇坂さんにもねぇ」

そうでしたか。

「君にハッパを掛けに行こうと思っていたらぁ、うちに来るっていうからさぁ、じゃあ

ぁもう直接ここで話しちゃえばいいなぁってさぁ。佳奈ちゃんを呼んだんだぁ。皆の前でさぁ、佳奈ちゃんに迫られたら君もいい加減腹を括《くく》るかなぁってさぁ」

また我南人だったのですね。佳奈さんをどん！　と押して修平さんに押し付けました。乱暴ですよ。

「釣り合うとか釣り合わないとかぁ、そんなのは関係ないねぇ。人の心の天秤《てんびん》はぁ、LOVEの重い方へ傾くんだよぉ。お互いに傾いてこぼれちまったLOVEはひとつになっちゃうんだねぇ。逃げようったってムダなのさぁ。それが自然でいちばんいいんだよぉ」

修平さん、我南人に押し付けられた佳奈さんの肩を抱いたまま、顔を真っ赤にしています。そういうことだったのですね。それでいいと思いますよ。

「でも、あの」

修平さんが何かを言いかけましたが、我南人が遮《さえぎ》りました。

「きっとぉ、ものすごおっく感動的でさぁ、爽《さわ》やかなぁ二人の交際に関する記事がぁ、スクープで流れるんだろうねぇえ」

なんでしょう、我南人はニヤッと笑って続けました。

「折原美世が主演する映画はぁ、歴史の流れに引き裂かれる姫君と従僕の話がメインだからねぇ。クランクイン前から願ってもない宣伝材料になるんじゃないかなぁ。きっとそういう記事を書いてくれる記者がいるよぉ」

何か心当たりがあるのでしょうかね。記者と言えば、あの青と池沢さんの件でどたばたしたときの木島《きじま》さんぐらいしか思い当たりませんが、我南人はその後会ったりしているのでしょうか。

亜美さんが、きょろきょろしています。

「あのね」

皆が亜美さんを見ました。

「いや、その、なんでこんなことになっちゃったの？　お義父さんと青ちゃん、最初っから仕組んだの？」

青が笑いました。

「そんなわけないじゃん」

指差したのは、さっき我南人が持っていた古本ですね。青が手に取って亜美さんに表紙を向けました。

「ほら」

「え？」

これは、フランス語ですね。あぁわかりました。エドモン・ロスタンの『シラノ・ド・ベルジュラック』じゃありませんか。

そうですねぇ、日本では『愛《いと》しのロクサーヌ』という映画の原作という方が通りがいいでしょうか。そういえば我南人が以前、スティングさんという同じロックシンガーが〈ロクサーヌ〉という歌を唄っていると言っていましたよ。

「親父がこの『シラノ・ド・ベルジュラック』で俺の肩を叩いたのさ。妙に真剣な顔をしてね。それでピンと来たんだ。あぁこれはここで俺にシラノの役をやれってことなんだなって」

成程、この物語は、シラノという詩人が若い恋人たちのために自分を犠牲にするというものですからね。

「じゃあ、それでアドリブでやっちゃったの?」

亜美さんが眼を丸くしました。

「これでも役者を経験した人間ですからね。それにしても」

青が佳奈さんに笑いかけます。

「さすが本物の女優さんは違うね。すぐにピンと来て俺の下手《へた》くそな演技に合わせて、この場を支配しちゃったよね」

そうですすよ。わたしもすっかり佳奈さんの儚《はかな》げな、そして艶《つや》っぽい表情に引き込まれてしまったんです。これは騙《だま》されますよ。

「佳奈ちゃぁん」

「はい」

我南人が青から本を受けとって、佳奈さんに手渡しました。

「これ、いい物語だからねぇ。フランス語も勉強してるんでしょうぉ？　餞別《せんべつ》にあげるからぁ、フランスに持っていって読むといいよぉ。切ない男心やいろんなものが見えてくるからねぇぇ」

「ありがとうございます！」

佳奈さんが深々とお辞儀をしました。良い娘さんですよね。きっと池沢さんのように、長く皆さんに愛される女優さんになると思いますよ。

勘一と紺が無事に帰ってきて、それぞれに慌ただしかった一日を報告し合いました。

修平さんは佳奈さんと一緒に脇坂家に帰って、きちんと付き合っていることを報告したそうですよ。何はともあれ、若い二人の新しい門出に、良かった良かったと皆で言い合っていました。

かずみちゃんが、引っ越し蕎麦代わりに、皆で〈はる〉さんで一杯やりたいと言い出しました。まさか全員で出払うわけにはいきませんので、何日かに分けてやることになり、今夜は勘一と青と、赤ちゃんの世話で大変なお母さん組のすずみさんと亜美さんが出掛けていきました。

我が家から三丁目に向かって進み、角の一軒左にある小さな小料理居酒屋が〈はる〉さんです。店を構えて二十年ほどは経ちましたか。関節炎がひどくてお店には出られない春美《はるみ》さんに代わって、おかみさんとして頑張っているのが娘さんの真奈美《まなみ》さんです。

京都から来た板前のコウさんとはうまくいっているようで、最近では何ですかボケとツッコミというんですかね。ああいうような感じで和気あいあいとしていて、お店の雰囲気もかなり明るくなりましたよ。

あぁ、後ろの席に座って飲んでいるのは作曲家の弾《だん》先生ですね。コウさんは池沢さんの紹介でこちらに来ましたので、その関係でここには有名人の方も多くいらっしゃいます。

「はい、蕎麦みそと、トロの蕎麦巻きです」

コウさんが引っ越し蕎麦の代わりに、おつまみとして出してくれました。美味《おい》しそうですね。

「いやぁ、あの修平と佳奈ちゃんがなぁ」

勘一が嬉しそうに笑ってお猪口《ちょこ》を口に運びます。

「まさかそんなことになってるとはね！　びっくりよ」

真奈美さんも眼を丸くして、でも嬉しそうに言いました。

「まったくなぁ。正にお釈迦《しゃか》様でも気がつくめぇってやつか」

本当に誰一人として気づきませんでしたからね。そういう意味では修平さん、なかなかの演技上手なのかもしれません。

「我南人の野郎に仕組まれちゃあ何だけどよ、青もあれだ、久しぶりに演技をして楽しかったんじゃねぇか」

「まぁね」

青が苦笑いします。

「あれ、演技だったのかしら」

亜美さんが悪戯《いたずら》っぽく笑いました。

「随分堂に入ってたけど」

「やめてよ義姉さん」

そうそう、と亜美さんが続けました。

「すずみちゃん」

「はいはい」

「あの時、全然慌ててなかったけど、どうして？　愛する夫が浮気を自分の口から白状してたのよ。しかも若い美人をかき抱《いだ》いて」

すずみさん、にこにこ笑ってます。

「だって、わたしもすぐにわかりましたもん。お義父さんが青ちゃんに見せたのが『シ

ラノ・ド・ベルジュラック』だって。あ、これはまさしくこの状況じゃないか、さては
お義父さん仕組んでるなって」

さすがですね。でもそれも青を信じているからこそなのかもしれませんね。これはご
ちそうさまと言うべきでしょうか。

「それにですね」

「うん」

すずみさん、青を見て笑いながら続けました。

「青ちゃん、嘘をつくときには鼻の穴が大きくなるんですよ」

「マジで？」

青が慌てて鼻を押さえました。コウさんと真奈美さんが吹き出して笑っていますよ。

そんな癖があったんですか。

＊

あぁ、留守番組の紺が仏壇の前に座りました。話ができますでしょうかね。おりんを
ちりんと鳴らしました。
「ばあちゃん」
「はい、お疲れさま。今日はなんだか大忙しでしたよ」

「ばあちゃん、あっちこっち飛び回って疲れたんじゃないの？」

「疲れる身体がないからいいようなものですけどね」

「さっき修平くんから青にメール来てたよ。明後日、佳奈ちゃんが出発するときに、空港まで堂々と見送りに行くって」

「あら、良かったねぇ。あれだね、脇坂さんも待ち遠しいでしょうね。可愛いお嫁さんがやってくる日が」

「結婚式が途切れなくていいね」

「そうそう、あれですよ、紺。青のことだけどね。あの子、演技しているとき瞳を輝かせて、随分楽しそうでしたよ」

「へぇ、そうなんだ」

「昔は嫌でそういうのを辞めたけど、機会があればまたやらせてみるのもいいんじゃないのかねぇ」

「そうだね。あいつは俺と違って才能がいろいろあるんだから。古本屋の親父になるのはまだまだ先だろうしね」

「あの人があの帳場をそう簡単に明け渡すものですか」

「まったくだね」

「まだ暑い日が続くから、かんなちゃんと鈴花ちゃん、気をつけておくれね」

「わかった。あれ、終わりかな？」

紺がにこっと笑って、おりんを鳴らして手を合わせます。はい、お疲れさまでした。

それにしても、若いということは忙しいことです。たくさんの感情が身の内から生まれて飛び出していって、たくさんの人たちとぶつかりあって、そうして心も身体も成長していくのですよね。

最近はインターネットやゲームとかで、若い人も家にいることが多くなっているそうですけど、やはり外に出た方がいいと思います。自分の生まれたところから遠く離れれば離れるほど、戻るところがどういうところかわかるはずですよ。

書を捨てよ、町へ出よう、とおっしゃったのは寺山修司さんでしたか。わたしに言わせれば、書を持って町へ出よう、ですね。

秋 さよなら三角また会う日まで

一

九月も終わり、十月の声を聞いてようやく秋らしくなってきました。

この夏は残暑も厳しくて、九月末だというのに半袖《はんそで》で過ごすこともありました。季節はその年毎《としごと》に様々な色合いを見せてくれますが、やはり日本なのですから、それらしい色付けであってほしいですよね。

ここら辺りの家には、たとえ小さな庭でも色んな秋の味覚が実ります。ちょいと見渡しただけでも、柿《かき》や栗《くり》の木、銀杏《ぎんなん》に団栗《どんぐり》と、舌も眼も楽しませてくれるものがたくさん見つかるのですよ。

公園の近くの大原さんのお宅にはそれは見事な栗の木がありまして、たわわに実る頃になると近所の子供たちが集まります。大原さんが長い棒を使って毬栗《いがぐり》を落とし、子供たちが器用に足で割って栗拾いです。研人も花陽も小さい頃は随分お世話になりました。

我が家の小さな庭の秋海棠《しゅうかいどう》はいつも遅咲きですが、それはそれは綺麗な花を咲かせてくれます。去年でしたかね、すずみさんが鉢植えで買ってきた秋桜《コスモス》もすっかり庭に根づきました。可愛らしい花がゆらゆらと風に揺れる様は風情《ふぜい》のあるものです。

犬のアキとサチは普段は家の中を走り回っていますが、この季節になるとよく庭に飛び出します。やはり涼しくなってきて外を駆け回るのに最適なのでしょう。我が家に来た頃には加減がわからずよく庭の木や花にぶつかって、研人や花陽に怒られていましたけれど、今は慣れたもので器用に避《よ》けたりぴょんと跳んだりして騒いでいますよ。

金木犀《きんもくせい》の香りが漂ってくるのもそろそろでしょうか。爽《さわ》やかな空気と落ち着いた雰囲気が家を包みこむ季節になりましたね。


そんな十月のある日曜日。

落ち着いた季節になっても、相も変わらず堀田家は賑《にぎ》やかです。その賑やかさを倍増させているのが、かんなちゃんと鈴花ちゃんですね。

そうです、二人が生まれて今月で一歳。何といっても皆が大騒ぎしたのは、つい先日二人が勘一を呼んだのですよ。

「おーじゅ」という声を上げたのは、かんなちゃんでした。最初は何のことかわからずに首を傾《かし》げていたのですが、その内に鈴花ちゃんも同じように「おーじゅ」と言ったのです。

それは、〈大じいちゃん〉のことではないかと気づいたのは花陽でした。小さな指を向けられて「おーじゅ」と呼ばれ、勘一はもういつにも増してめろめろです。

誕生日には一升餅《いっしょうもち》を用意して二人に背負わすのですが、もう何週間も前からお餅を近所の和菓子屋さんの〈昭爾屋《しょうじや》〉さんに注文していましたよ。ちゃんと名前を入れろ、とか、日本一の良い材料を使えとか、〈昭爾屋〉さんもいい迷惑ですよね。

藍子とマードックさんが隣の〈藤島ハウス〉に引っ越しして、しばらく経《た》ちました。藍子は最初は淋《さび》しくなるかな、などと言っていたのですが、まったく変わりません。藍子は基本的にこちらに居ますし、マードックさんも作品を作っているとき以外は我が家でくつろいでいますからね。むしろ、かずみちゃんも増えた分、ますます大所帯になっています。

そのかずみちゃん、働いていないとどうも調子が悪いと言って、勝手知ったる我が家の台所できびきびと動いています。人数も増え、亜美さんとすずみさんがそれぞれかんなちゃんと鈴花ちゃんの離乳食を作ったりしますから、大助かりですよね。

毎日の暮らしでも、お店と家の仕事が山ほどありますから、かずみちゃんが我が家でこまごましたことをやってくれて本当に助かっているようです。

ましてやついこの間まで現役でやっていたお医者様ですからね。かんなちゃん鈴花ちゃんのことも安心して任せられます。

いつものように、マードックさんと花陽と研人の手で、居間の座卓に朝ご飯が並べられていきます。

レンコンのきんぴらに、ニラの入った玉子焼き、鶏ささみとレタスと玉葱《たまねぎ》のサラダ、おみおつけは珍しく納豆汁ですね。昨夜《ゆうべ》の残りの鮭《さけ》とキャベツを一緒に炒《いた》めたものに、焼海苔《やきのり》に胡麻豆腐《ごまどうふ》。もちろん、鈴花ちゃんとかんなちゃんの離乳食もありますよ。

皆が揃《そろ》ったところで「いただきます」です。

「おい、黒胡椒《くろこしょう》がねぇぞ」

「そういえばマーちゃん、イギリスに行くって言ってなかった？」

「あっき、こっち」

「ねぇ康円さんところの秋の例大祭って、いつだっけ」

「はい、鈴花ちゃん、あーん」

「お父さん、そういえば精密検査ちゃんと行った？」

「はい、旦那《だんな》さん黒胡椒です。容器変わったので、ここを握ってください。出ますから」

「まんま、おーしー」

「二十五日じゃなかったっけ。また太鼓でも叩《たた》くの？」

「おいしぃねぇかんなちゃん、あ、それ触ったらだめですよー」

「まだ、きまってないんだ。でも、たぶん、すこしかえることになるとおもうよ」

「めんどうくさいねぇえ。まだ行っていないんだぁあ」

「叩くよ。今度のは全員揃ってやらなきゃならないから大変なんだよね」

「我南人ちゃんそういうものはきちんとしないと。あんたもいい加減じいさんなんだし」

「そういえば、ふじしまさん、きのう、きてましたよ、よるおそく」

「いいなーイギリス。いきたいイギリス」

「朝ご飯に呼んでやればいいのに」

「旦那さん！　それ納豆汁ですよ！　黒胡椒って！」

「じいさんだけどぉ、どっこも調子悪いところはないねぇえ」

「あさはやくに、でていきました。いそがしいんですね」

「やってみろって、旨《うま》いんだから」

　納豆汁に黒胡椒ですか。あぁほらごらんなさい、鈴花ちゃんが可愛いお鼻をつまんで「くしゃい」と言ってますよ。それにしても鈴花ちゃん、お喋《しゃべ》りが随分早いですよね。

　研人がこれぐらいの頃だったのはもう十年以上前のことなので、細かいことは忘れてしまいましたが、わけのわからない言葉ではなく、随分と的確に言葉を発しています。かんなちゃんはまだそれほどでもないのですが、そういうものはそれぞれ違います。若いお母さんはいろいろ心配することもあるのでしょうけど、あまり気にしなくてもいいのですよ。

「でも、お義父《とう》さん、風邪《かぜ》気味じゃないですか？」

すずみさんが訊《き》きました。

「別にぃい、なんでもないよぉ」

「ほら」

すずみさん、頷《うなず》きます。

「咽《のど》が嗄《か》れてます。最近気になっていたんですよね」

そういえばそうね、と藍子も頷きました。まぁ言われてみればそういうような気もしますが、この子は昔からがらがら声でしたから。

「僕はぁ、これでもボーカリストだからねぇ、咽の調子には人一倍気を使っているからぁ大丈夫ぅ大丈夫ぅ」

からからと笑います。その通りですね。これでもロックンローラーとやらは体力商売でしょう。それなりに考えてやっていると思います。そうでなければ六十を過ぎても現役でやっていけないものでしょう。

朝ご飯も終わり、研人と花陽が学校へ行くのにばたばたと動き始めて〈東京バンドワゴン〉の一日が始まりました。

「行ってきまーす」

花陽と研人が古本屋の方から出て行こうとします。我が家の自宅玄関は表通りから中に入ったところにあるのですが、みんなこちらを利用します。まぁその方が多少は早いというのがありますね。

「あれっ」

何でしょう。ガラス戸を開けて外に出た研人と花陽が急に立ち止まりました。帳場に座ろうとした勘一が何事かと顔を向けます。

「大じいちゃん！」

花陽と研人が声を揃えて呼びました。

「なんでぇ、どうした」

「捨て猫！」

あぁ？　と勘一が顔を顰《しか》めて、帳場から降りました。

「またかよまったく」

猫と聞いて、我が家でいちばん猫好きのすずみさんも出てきました。やたらと猫の多いこの町内。何故《なぜ》多いのかというと、悲しいことですが、捨て猫が頻繁に出るからなのですよね。我が家の四匹の玉三郎、ノラ、ポコ、ベンジャミンも元はといえば捨て猫でしたが、ご近所さんに拾われて、その後我が家にやってきたのですよ。それでも地域猫と最近は言うのですか。皆で餌《えさ》を上げたりしてうまくやってはいるのですが。

見ると、玄関先に小さな段ボール箱が置いてあります。確かにそこにはマジックで〈捨て猫。よろしくお願いします〉と書いてありました。

研人が開けようとしたところを勘一が止めました。

「ちょいと様子がおかしいな」

すずみさんも頷きます。そうですよ。段ボールの箱からは、子猫の鳴き声も聞こえてきませんし、ごそごそと動く様子もありません。悲しく情けないことですが、既に死んでしまっている動物が入っていたことは前にもありましたからね。

話では無残に殺された動物が捨てられるという事件も起こっているそうです。どうしてそんなことができるのか、わたしにはまったく理解できません。

「今朝《けさ》、雨戸を開けたときにはなかったよな?」

「ありませんでしたね」

すずみさんが頷きました。うむ、と勘一が呟《つぶや》き、もしひどいものなら花陽や研人には見せたくないという配慮でしょう。大きな身体《からだ》で覆いかぶさるようにして、箱をゆっくりと開けました。

「あぁ？」

勘一が素《す》っ頓狂《とんきょう》な声を出します。慌てて花陽も研人もすずみさんも覗《のぞ》き込みました。

わたしの入る隙間《すきま》がありません。

「なんだこりゃ？」

「あれ？」

「あら」

勘一が箱から取り出したのは、本でした。それも表紙には可愛らしい猫たちが。

「なになに、『空飛び猫』『ノラや』『ひゃくまんびきのねこ』『三毛猫ホームズの冒険』

『吾輩《わがはい》は猫である』」

「こっちは『日本の猫』『愛《いと》しのチロ』『What's Michael!?』」

「猫の本ばっかりですね！」

すずみさんが嬉《うれ》しそうににこにこしながら言いました。

「こりゃあ確かに〈捨て猫〉だわなぁ」

勘一が呆《あき》れたように言いました。

花陽と研人は学校へ行き、勘一が段ボール箱を持って帳場に置きました。すずみさんが中から本を出していると紺も青もやってきました。

「紛れもなく〈捨て猫〉だね」

「笑ってねぇで、ちょいと全部の本を調べろよ。おかしなことになってねぇか」

皆で手分けして、本を一冊一冊調べていきます。

「古本であることは間違いないかな」

青が言って、紺も頷いています。紺は裏表紙を光にあてたりしてますよ。

「値札が貼《は》ってあった跡が残ってる。爪《つめ》ではがしているよ」

「ってことは、そこらの古本屋で売られていた本って可能性もあるな」

勘一も同じようにして、値札が貼られた跡があるか調べて言いました。

「全部で八冊か」

紺が言いましたが、その数に何か意味があるのでしょうか。一通り調べましたが、特におかしなところはなかったようですね。

「この字は」

すずみさんが段ボール箱に書かれた〈捨て猫。よろしくお願いします〉の文字を指差します。

「大人の字でしょうかね？」

ふむ、と勘一が唸《うな》りました。

「上手《うま》くはねぇが、まぁ段ボールにマジックで走り書きするなら大人でもこんな感じになるわな。これで判断はできねぇな」

「適度に状態のいい古本だね。日焼けもないし、シミや脱落や破れもない。何の問題もない本だよ」

青が言って、勘一も頷きます。

「手紙もねぇし、メモもねぇ。なんか手掛かりになるようなもんも挟まったりしてねぇ」

うん、と三人で頷きました。

「盗品でしょうかね？」

すずみさんが心配そうに言いましたが、紺が首を横に振りました。

「これ、きれいに拭《ふ》いた跡があるよ。わざわざ盗品を拭いたりはしないと思うよ」

汚れた古本の表紙などは、程度や紙質にもよりますけど、消毒用のアルコールや最近ではパソコンを掃除するウエットティッシュなどで拭いていただければきれいになりますよね。この本もそうやってきれいにされているということでしょう。

「ちゃんと気を使ってるってことだわな」

「問題は」

紺が言いました。

「誰が、何のためにだよね」

うーん、と四人で腕組みして考えます。悪戯《いたずら》だとは思いますが。

「猫の本ばかり集めて我が家の前に置いて、〈捨て猫。よろしくお願いします〉っていうのは、まぁ洒落《しゃれ》は利いているよね」

青です。確かにそうですね。これが宅配便でどなたかから届いたのなら、皆で苦笑して終わりでしょう。でも、ですよね。

「可能性としては、本を引き取って欲しかったけど、来てみたらまだうちは開いていなかった。そこでささっと洒落で書いて置いてった」

紺がそう言って、違うよね、と自分で否定します。

「違うな。すずみちゃんが雨戸開けたときにはなかったって言ってんだからよ。確かに〈close〉の札は掛かっていたけどよ。明かりは点《つ》いてんだからな」

すいませーんとノックしていただければ、誰かがすぐに気がつきますよね。我が家を利用する方なら誰でも知ってます。

「なんだろうなぁ。八冊っていう数もなんだか微妙だし」

少なくもなく、多くもなし、ですね。皆で首を捻《ひね》るばかりでどうにもなりません。ひょっとしたら置いていった人がまたやってくるかもしれないと、とりあえず蔵に保管しておくことにしました。危ないものでもないし、警察沙汰《ざた》にすることもないでしょう。

カフェでは藍子と青がカウンターに入っています。青がカウンターに入ると途端に若い女性客が増えてきますよね。いつ誰が入るかはまったく決めていませんのに不思議なものです。

近頃は藍子がケーキ作りに凝っていまして、いえ、元々は花陽がケーキを作りたいと言い出しまして、それで藍子が手伝っていたのですけどね。画家でもある藍子は創作意欲を刺激されたのでしょうか。毎日のように新しいケーキを作って、お店のメニューに出しています。

「あら、新《しん》さん」

「おはよう。藍子ちゃん相変わらずキレイだね」

手を上げてカフェに入ってきたのは、我南人の幼馴染《おさななじ》みで、篠原《しのはら》さんのところの新ちゃんと、〈昭爾屋〉さんのご主人道下《みちした》さんです。年齢は多少違いますけど、我南人を含めたこの三人は昔はよくつるんで騒いでいましたよね。

新ちゃんはお父さんの建設会社を、道下さんは和菓子屋を、それぞれが地元に残って商売を継いで、こんなご時世にもかかわらず堅実にやっています。いちばんどうしようもないのは我南人のはずなのに、この二人はなんだかんだと我南人を頼りにしているみたいです。

「がなっちゃんはいないんだろ？」

青が苦笑して頷きました。我南人をがなっちゃんと呼ぶのは、地元ではもうこの二人だけですね。

「じゃあちょいとおやじさんに話があるからさ、コーヒー持ってきてよ」

藍子が頷くと、新ちゃんと道下さん、そのまま古本屋の方へ移動します。

「よぉ、二人揃ってどうしたい」

勝手知ったる他人の家ですからね。勘一に挨拶《あいさつ》して、二人ともそこら辺から丸椅子《まるいす》を持ってきて帳場の前に座りました。

「おやじさん、ちょっと不思議な話なんですがね」

新ちゃん、顔つきが真剣ですね。勘一も何事かと顔を顰めました。

「最近、おかしな連中が来ませんでしたか。土地の件で」

「土地だぁ？」

道下さんも頷きます。

「今さら地上げ屋でも来たってのかい」

青がコーヒーを持ってきて、そのまま話を聞いています。

「地上げとかじゃないんですよ」

道下さんがコーヒーを受けとり、一口飲んで続けました。

「この辺りの歴史や何やらを調べているっていう連中がですね、古くから商売をやっているところからいろいろ話を聞いているんですよ。私のところにも来たんです」

「ほう」

「それ自体はまぁどうってことないんですけどね。妙に土地を取得した経緯がわかるとか訊くんですよ」

勘一がふうん、と顎《あご》を撫《な》でます。何か取材でしょうかね。ここら辺りは古い土地柄ですから、テレビや雑誌の取材も多いですよ。それこそ毎日出歩いていれば確実にどこかのテレビ局のカメラを見つけられますよね。

「そして調べている連中ってのが、新聞記者なんですけど、他にもお役人絡みらしいんですよ」

「役人?」

新ちゃんは胸ポケットから名刺を取り出します。一枚は大手の新聞社のものですけど、もう一枚には、確かに〈文化庁〉の名前がありますね。ただしその後にやたらに長く何かがくっついてますよ。外郭団体となってますけど。

「要するにこりゃあただ委託されてやってるってだけの民間企業だろう」

道下さんも新ちゃんも頷きます。

「おやじさんところには」

「いや、来てねぇな。青、なんかあったか？」

青が首を横に振りました。

「全然。それにさ」

青が名刺を受け取ってひらひらさせます。

「この辺りの歴史を調べるんなら、兄貴のところに来るのがいちばん手っ取り早いんじゃない？　ああして本も売れてるんだから」

そうですよね。この辺りの下町に関する本をもう四冊も出した紺です。お蔭様《かげさま》で版を重ねて、テレビで紹介されたこともありますよ。普通のガイドブックとしても使えますが、実は奥深い、民俗・風俗・歴史を横断する研究書であるとの評価もいただいています。新ちゃんも道下さんも頷きました。

「なにより、おやじさんのところに来ないってのは変ですよね。ここらでいちばんの老舗《しにせ》っていやぁ〈東京バンドワゴン〉なんだから」

そう思って今日は確認しに来たと言います。成程《なるほど》そういうことですか。勘一は、うむ、と頷きます。

「土地が誰のものなんてのは、登記簿とか調べりゃあ一発でわかるしな」

「そうそう。なんかね、質問のピントがズレてたんでね」

「まぁ話はわかった。そいつらが来たらよ、何の目的でやってるんだか締め上げて訊いとくぜ」

新ちゃんも道下さんも勘一が頷いたところで安心したようですね。その後は適当に世間話などをして、帰っていきました。

こうして、なんだかんだで心配事や相談事を持ちかけられるのはいつものことです。昔にあった出来事や縁故絡みの相談も多いのですよ。

やはり明治の頃からここで商売をやり、古本屋という関係でその記録が我が家には全部残っているせいもあるでしょう。何より、勘一自身、あの戦争で何もかも無くしてから、再び活気を取り戻すまでのこの辺り一帯の歴史の生き証人みたいなものですからね。

そういうことを楽しんでしまうのが悪い癖だとは思うのですが、二人が帰った後に勘一はしばらく何かを考えていましたね。何か思うところがあったのでしょうか。

夕方になり、亜美さんとすずみさんが、それぞれにかんなちゃんと鈴花ちゃんを連れて近所に買い物に出ましたので、わたしもついていきました。もちろん、二人ともベビーカーに乗せてです。

我が家には世話をする人がたくさんいますので、連れて行かなくてもいいのですが、やはり赤ちゃんも外に連れ出すことが必要ですよね。いろんなものを見ることがいい刺激になるのですから。

大きなお店ももちろんありますけど、すぐそこの商店街に行けば、魚屋さんも八百屋さんもあります。もちろん日用品の店もありますから、大抵のものは揃います。

「研人がピーマンの肉詰め食べたいって言ってたけど」

「あ、いいんじゃないですか？　最近やってませんよね」

「どこかでピーマン安かったっけ」

二人で晩ご飯の相談です。人数が多いから、食事を作るだけでも大変ですよ。かんなちゃんと鈴花ちゃんはごきげんできょろきょろ辺りを見回しています。

「あ、花陽ちゃん」

すずみさんが商店街の向こうを指差して言いました。ここは花陽の通う中学校から我が家への通学路になってますから、毎日通ります。ちょうど帰宅時間にぶつかったようですね。

「あの子、カレシ？」

隣に並んで歩く男の子がいますね。あぁ、あれは確か神林くんではありませんか。花陽が亜美さんたちを見つけて手を振りました。走って向かってきますよ。神林くんはおいてきぼりですけどいいんですか。

「ただいま！」

「おかえりー」

「かんなちゃーん、鈴花ちゃーん、ただいまー」

ベビーカーの前にしゃがみ込んで、二人の手を取ったり頬《ほ》っぺたを撫でたり身体をくすぐったり。かんなちゃんと鈴花ちゃんも声を上げて笑って大喜びです。

そこに神林くんが追いついて、「じゃあね」と花陽に手を振り、亜美さんとすずみさんにぺこんと頭を下げました。

「うん、ばいばーい」

「いいの？」

すずみさんが花陽に訊きました。

「なにが？」

きょとんと花陽がすずみさんを見上げます。

「彼、一緒に帰らないの？」

「別に一緒に帰ってきたわけじゃないもん。たまたま」

ふぅーん、と亜美さんすずみさんが頷きます。

「なんか、涼しげな顔立ちの男の子ねぇ」

「シュッ！　としてるよね、シュッ！　って。名前、なんていうの？」

「神林くん」

ベビーカーを降りたがったかんなちゃんを抱えて、花陽が言いました。

「神林、なにくん？」

「わかんない」

花陽が笑いました。

「同じクラスじゃないの？」

「同じクラスの神林だったら、恭一くん、違うクラスだったら凌一くん」

亜美さんとすずみさん、同時に困惑顔をしました。

「あ、双子なの？」

「そうそう。一卵性双生児。ゼッタイ見わけつかないいんだよ」

わたしは双子の方とお付き合いがなかったのでわかりませんが、そういうのは何か楽しそうですよね。

「え、なに花陽ちゃんどっちかわかんないけど、一緒に歩いてきたの？」

「うん」

「そんなもんなの？」

「そんなもんだよ。でもたぶん凌一くんかな」

そんなものなのでしょうかねぇ。少なくともわたしには、どちらかわかりませんが恭一くんか凌一くん、花陽と一緒に歩いているとき、嬉しそうに見えましたけど。

＊

その夜です。

〈藤島ハウス〉に皆が引っ越したときには、アメリカに行っていて留守だった藤島さん。帰ってきてからも何かと忙しく、なかなか我が家に本を買いには来られませんでした。

久しぶりに時間が空いたので〈はる〉で一杯やりませんか、とお誘いがあり、勘一と紺、青とマードックさんの男性陣が出掛けていきました。

そういえば、藤島さんが藍子のことを好きだと言って、マードックさんに宣戦布告したのはいつでしたっけ。随分昔のことのようですけど、まだ二年ほど前ですか。

「はい、秋刀魚《さんま》と牛蒡《ごぼう》の梅干し煮です」

コウさんと真奈美さんが小鉢を皆に配ります。美味《おい》しそうですね。ここに来る度に食べられないことが悔しくなりますが、しょうがないですね。夏の間はとりあえずビール、という声が多かったのですが、今日は最初から日本酒ですか。やはり秋の気配は日本酒を、という気にさせるものなのでしょうか。

「なんか、藤島くん痩《や》せたんじゃない？」

紺が言いました。

「そういやぁ、そうだな」

勘一がお猪口《ちょこ》をくいっと空けながら頷きます。確かに、もともと細身の藤島さんですが、頬《ほお》が心なしかこけているような気もしますね。

「そうですね、ちょっとこの夏で体重落ちちゃいました」

「いそがしくて、たいへんですね」

マードックさんが言います。

「あれだよな、永坂さんは辞めちまったんだよな」

勘一が訊くと、藤島さん、少し淋しそうに頷きましたよ。

「残念でした」

青が秋刀魚をぱくりと食べて、藤島さんを見ます。

「訊いちゃうけどさ。やっぱり藤島さんと一緒に居るのが辛《つら》くなって辞めたってことなのかな」

青もずばり訊きますね。まぁそれぐらい藤島さんとは親しくさせてもらっていますけれど、失礼といえば失礼ですよ。あら、真奈美さんの耳がぴくりと動いたような気がします。藤島さんは、少し笑みを浮かべながら、考えています。

「僕は、あいつの思いに応《こた》えられなかったんですよ」

お猪口を取り、一口飲みました。あいつ、と、そんなふうに永坂さんを呼んだのは初めてのような気がします。大学時代からの学友でもあるという話でしたから、そうなのでしょう。

「確か、あの小坊主の三鷹もおめぇも、三人して同じ大学だったんだよな」

「そうです」

その学生時代に事業を始めて、あっという間に時流に乗って、ヒルズ族などと呼ばれるところの仲間入りをしたと聞いています。しかもその後の不況も何のそので、今もしっかりと経営しているのは本当に立派だと思いますよ。

もう五年程も前ですか、経営に悩んだ三鷹さんが休暇を取り、藤島さんに内緒で我が家の近くのお寺で修行しましたよね。そのときに初めて藤島さんは我が家にやってきて本を買っていって、思えばそれからのお付き合いです。その頃はまだ学生の面影も残っていた藤島さんですが、そろそろ三十。色んな意味で、男の顔になってきましたよ。

藤島さんは何か言いかけて、考えています。こういう場の雰囲気というのは、肌で感じるものです。勘一も紺も青も、マードックさんも、藤島さんが口を開くのを待っています。

「悩んだんですよ」

ぽつりと言い、苦笑いします。

「三鷹、永坂のことがずっと好きなんです」

勘一が口を尖《とが》らせました。紺と青が顔を見合わせ、マードックさんが頷きます。藤島さんはわざと明るい表情を作りました。

「僕だって普通の男ですからね。あんなに尽くしてくれる美女が隣にいたら、そりゃあぐらっと来ますよ。もう何度彼女の肩を抱きしめようと思ったことか」

「だろうね」

紺が調子を合わせて笑いました。青も頷きます。

「それでも、そうしなかったのは、みたかさんが、いたからなんですね」

マードックさんが訊くと、藤島さんは軽く頷きました。

「永坂だって、三鷹のことを嫌いじゃないんです。僕らの関係は、どう表現したらいいかわからないんですけど」

「あれだな」

勘一が、コウさんが出してくれた炒《い》り銀杏を抓《つま》んでから言います。

「さしずめ、合わせ鏡みてぇなものだったんだろうよ」

藤島さんが、少し驚いたような顔をしました。

「永坂さんがおめぇを見ても、実はその向こうに三鷹がいる。おめぇが三鷹を見れば向こうに永坂さんがいる。どこをどう見ても、隣にいるそいつが見えてしまうんじゃねぇか？」

「その通りです」

頷きながら藤島さんは、お銚子《ちょうし》を持って勘一のお猪口にお酒を注《つ》ぎました。

「言い得て妙です。びっくりしました」

「なんでぇ、俺が男と女のことでうまいこと言うとは思わなかったか？」

「違いないね」

青が言って笑います。

「あんまりにも的確でびっくりしたよ。あんなにばあちゃん一筋だったじいちゃんの口からそんな台詞《せりふ》」

「バカ野郎、俺だってなぁ、若い頃はモテたもんよ。どんだけばあさん泣かしたかわかりゃしねぇ」

あら、そうでしたかね。初めて知りました。わたしは泣いた覚えは一度もないのですが。

「でも、あれだね」

紺が言いました。

「そうなると、永坂さんがいなくなっちゃって、三鷹さんはどう思ってるのかな」

「そうなんですよね」

そこが問題なんですと藤島さんが続けます。なんでも、本人はもちろんそんな素振りは見せないようにしていますが、長い付き合いの藤島さんにはわかると言います。

「僕は覚悟していたんですけど、あいつはね。何とかして永坂を慰留しようと、それこそ僕に永坂とくっつけと何度も脅してきましたよ。自分のことはさておいて、会社のためにその方がいいと」

なるほど、先日の三鷹さんの溜息《ためいき》はそういうことでしたか。

「なにか、かんがえているんですね、ふじしまさん」

マードックさんが言うと、藤島さん、頷きました。

「考えてるって、なにをだ」

「会社のことと、自分のことと、永坂と、三鷹のことを」

どこか遠くを見るような目付きをします。コウさんが、すっ、と藤島さんに温かいおしぼりを差し出しました。藤島さん、少し怪訝《けげん》そうな顔をしてからそれを受け取って拡《ひろ》げ、顔に当てました。

「あー、気持ちいい」

ごしごしとこすり、おしぼりを離した顔には笑顔が浮かんでいました。

「近々、いろんなことに決着を付けようと思うんです」

勘一も、紺も青もマードックさんも、静かに頷きました。これはあれですね。ある意味では男にしかわからない部分があるのでしょうか。何に、どんなふうに決着を付けるのかは誰も訊きませんでした。

男たちだけの夜が、ゆるゆると流れていきます。勘一以外はそれほど酒を飲まない男性陣ですが、たまにはゆっくりとやるのもいいでしょう。二日酔いになっても、家を守る我が家の強きお嫁さんたちは大目に見てくれますよ。

二

それから三日経った朝です。

いつものように賑やかな朝食を済ませ、カフェの準備が始まり、勘一がどっかと帳場に腰を据え、花陽と研人が「いってきます」と飛び出していって、そのときです。

「大じいちゃん！　まただ！」

ガラス戸を開けて研人が言いました。

「またぁ？」

声を聞きつけ、紺もすずみさんも出てきました。まぁ、段ボール箱です。しかも、またマジックで書いてありますよ。

「〈捨て犬。よろしくお願いします〉、か」

紺が読んで、勘一がその場で蓋《ふた》を開けました。案の定、中身は犬ではなくて古本でした。

「『ドン松五郎の生活』『バスカヴィル家の犬』『迷犬ルパンの名推理』『のら犬ローヴァー町を行く』ですね。犬ですよ犬」

すずみさん何故か嬉しそうです。猫だけじゃなくて犬も大好きですものね。

「こっちはね『ニッポンの犬』『白い犬とワルツを』『さらば、ガク』『フランダースの犬』だよ」

「〈捨て犬〉だね」

花陽が顰め面をしながら言いました。

「決定的だね」

紺が続けます。

「この箱を置いていってる人物は、何らかの目的でわざとやっているんだ」

どうもそのようですね。箱を店の中に持っていきました。一緒に考えたくて研人と花陽はうずうずしていましたが、そういうわけにもいきません。紺に言われて学校に走っていきました。

「そうか」

二人を見送った紺が、そう呟きます。

「なんでぇ」

「朝だよね」

勘一が紺を見ます。

「二回とも、朝なんだよ。しかも雨戸を開けて、皆でご飯を食べている最中なんだ。箱が置かれていくのは」

「まぁそうらしいな。それがどうしたよ」

「悪戯だったらさ、そんな朝早くにするかな」

ふむ、と勘一が考えます。

「つまり、その時間じゃないと置いていけないってことですか？」

すずみさんが言うと紺が頷きます。

「本当に悪戯なら、もっと人目につかない深夜とかにするんじゃないかな。朝早いといってもここは通勤通学の人たちが多く通るんだからさ」

「わざわざその時間に置いて行くのはリスクが多過ぎるってことですね」

なるほど、と勘一も頷きます。確かにその通りですね。

「それにさ」

紺がにこりと笑いました。

「この悪戯には、なんか、親父《おやじ》じゃないけど愛が感じられるよね」

「LOVEだねぇ、ですか？」

すずみさんが我南人の口調を真似《まね》しました。前から思っていましたけど、すずみさん物真似がとても上手ですよね。これでなかなか芸達者なのかもしれません。

「猫の次は犬、中身はちゃんとした古本で、珍しくはないけれどきれいにしてある。このまま我が家の売り物にしても全然おかしくないものばかり。どこかユーモアとセンスと誠実さが感じられるよね」

「あれか」

勘一が少し首を傾げました。

「ある意味じゃあ、プレゼントみたいなものだって言いてぇのか？　アメリカさんの好きなサプライズ！　とかってよ」

「そうそう」

すずみさんも頷きました。

「言われてみればそうですよね。気味が悪いと思ってしまうとそうですけど、逆に誰かが私たちを楽しませようとしていると思えば楽しいですよ。次に何が来るのかなって」

「それが誰で、誰を楽しませようとしてるかってことか」

「これ、字が前と違いますね」

そういえばそうですね。明らかに違う人が書いた文字です。また三人でむーんと腕を組みました。でも、あれですね。紺の表情を見ているとなんとなく見当がついているような気もします。この子はいろいろともったいぶる癖がありますから、まだ言わないようにしようと考えているんじゃないでしょうか。

「なんでぇ紺。見当がついたのかよ」

勘一に言われて、微笑《ほほえ》みました。

「いや、なんとなく推測なんだけど」

調べてみるよ、と紺は言いました。まぁとりあえず、悪意は感じられません。また蔵に保管して様子を見るのがいいのでしょう。誰の仕業だとしても、最終目的がどこかにあるはずですからね。


紺が段ボール箱を片づけて蔵から戻ると、しばらく顔を見なかった我南人が帰ってきていました。居間でかんなちゃん鈴花ちゃんと遊んでいます。見慣れないぬいぐるみが転がっているので、二人のために買ってきたのでしょうか。

買ってくるといえば、脇坂さんご夫妻も相変わらずです。毎日のように顔を出すのはさすがになくなりましたが、かんなちゃんと鈴花ちゃんのために週に一度は服を買って、持ってきます。

亜美さんの長女であるかんなちゃんは、脇坂さんの孫です。絶縁中で初孫だった研人のこれぐらいの頃を見られなかったせいもあるのでしょうね。亜美さんもそんなに買ってこなくていい、とは言えません。

申し訳ないのは、鈴花ちゃんにもまったく同じものを買ってきてくれることですよ。それはまぁ同じ日に生まれて同じ家に居ますので、気を使うのはわかりますが。親である青とすずみさんも本当に嬉しくも申し訳なく思っています。

「お父さん」

カフェから家の中に入ってきた藍子が、居間にいる我南人に気づきました。

「お帰りなさい」

「ただいまぁあ」

「随分、顔見なかったけど、どこに行ってたの？」

丸二日ほどいなかったですよね。さすがに六十を越えた父親です。藍子は健康状態も含めて心配で、携帯電話を持たせようと何度も言ってますが、頑として持とうとしません。

「いろいろだねぇ」

ちょっと溜息をついて、藍子は我南人にお茶を淹《い》れました。紺は苦笑しながら座卓でキーボードを叩いています。青はおねむになった鈴花ちゃんを寝かせたようですね。あぁ、かんなちゃんもむずかっていて、我南人が抱っこしてあやしています。

「そういえばぁ、紺」

「昨日かなぁあ、百々《どど》さんを見かけたよぉ」

紺が、おや、という顔をして頷きました。我南人は本当にふらふらしていますから、あちこちで人に会いますね。

「元気そうだった？」

「相変わらずだったねぇえ。ご家族と一緒だったからぁ声は掛けなかったけどぉ」

百々先生ですね。紺の大学時代の恩師であり、大学講師の口を貰《もら》ったのも百々先生からですよ。当時は助教授、今は准教授と呼ばなきゃならないんですね。紺がごたごたで講師を辞めて以来すっかり疎遠になってしまいましたが、紺自身は百々先生を今も恩師と思っているはずですよ。

眠ってしまった二人を仏間に寝かせ、紺と青と我南人は縁側に座り、揃って煙草《たばこ》に火を点けました。煙草盆を手元に引き寄せ、この季節にしては暑いくらいの陽射しの中に紫煙が昇っていきます。

「そういえば親父」

青が言いました。

「なんだいぃ」

「研人がさ、最近親父の留守中の夜中によく部屋に行ってるんだよ」

あら、研人がですか。それは気がつきませんでした。紺もへぇという顔をしましたので知らなかったのですね。

「僕の部屋でぇ、何してるのぉ」

「わかんないけどね。ギターいじったりしてたみたいだよ。あいつももう六年生だし、音楽にでも興味が出てきたんじゃないの？」

我南人の部屋には百本近くものギターにその他の楽器、今や懐かしいＬＰレコードやステレオなんかもありますからね。貴重なものも多いようですから、音楽をやっている方には宝の山かもしれません。

「いいねぇえ、研人もロックンロールに目覚めたかなぁあ」

「俺たちは全然だったからね」

紺と青が、煙草を吹かしながら笑います。そうでした。息子であるこの二人は、音楽に関してはまったく普通でしたよね。父親がこうですから、特に紺などは興味を持ってギターを抱えたりはして多少は弾けるようですが、趣味の域は出ませんでした。

我南人はにこにこしながら、もしそうなら、と続けましたよ。

「おかしなものだねぇえ、古本屋の血はぁ、僕に流れなくてお前たちに行ってぇ、ミュージシャンの血は研人に行ったのかなぁ」

「隔世遺伝か」

「ハゲと一緒だね」

三人で大笑いしています。

思えばこの父と息子たちが、こうして煙草を吹かして笑い合っている姿を見るのは久しぶりのような気がします。それというのも、やはりかんなちゃん鈴花ちゃんのおかげですかね。昼間はこうして二人が遊ぶ居間に、皆が自然と集まるようになったからなのでしょう。

「研人に言っておいてねぇ、どれでも好きにいじっていいからってねぇ」

我南人がそう言って、煙草を揉《も》み消して立ち上がりました。ちょっと行ってくるねぇ、とまたふらふらとどこかへ出掛けます。

「なんか」

青です。我南人の後ろ姿を見送って言いました。

「どうした」

「いや」

少し首を傾げました。

「親父、少し元気がないのかなって」

紺が少し眼を細めました。

「お前もそう思ったか」

「兄貴も？」

実はわたしもそう思っていました。どこがどう、ではありませんが、どことなく覇気がありませんでしたよ。

＊

夕方になり、そろそろ研人が帰ってくる頃でしょうか。花陽も今日は部活がないので早く帰ってくるはずですよ。

からんころん、とガラス戸が開き、入ってきたのは茅野さんです。

「よぉいらっしゃい」

勘一が顔を上げて、笑いかけました。

「どうも、ご主人」

夏には岐阜まで同行してもらってご迷惑をお掛けしましたね。なんでもあのときの若者二人、靖祐さんと綾乃さんはその後はうまくいっているようです。

「今日は妙に暖かかったな」

「そうですねぇ」

帳場の前の丸椅子に、どっこいしょと茅野さん腰掛けます。現役時代から古本には眼の無かった茅野さん。引退して悠々自適の生活になってからは、こうして二日に一回は我が家に顔を出して、じっくり本を選び、勘一と話し込んでいます。

「なんか飲むかい」

「いやいや、後ほどゆっくりと」

茅野さん、頷いて勘一を見ました。その様子に何か感じたのでしょうかね。勘一が眼を細めました。

「なんかあったかい」

「ええ」

実はですね、と茅野さんが顔をごしごしと擦《こす》りました。さて、こんなような雰囲気は前にもありましたよ。

「元の職場のOBから連絡がありましてね」

勘一が煙草に火を点けました。元の職場とはもちろん警察です。

「知人を送るので、いろいろと話を聞かせてやってほしいと言われまして、受けたと思ってください」

ふむ、と勘一、煙を吐き出して頷きます。茅野さんもそこで煙草に火を点けました。

カフェにいた亜美さんが気づいたのですね。コーヒーを持ってきましたよ。

「あぁ、こりゃすみません」

「ごゆっくりどうぞ」

亜美さんの姿が見えなくなったところで、茅野さん話を続けました。

「やってきたのは新聞記者と役人なんですよ」

「あぁ？　またかよ」

茅野さん驚きました。

「またと言いますと」

勘一はそれは後回しにして、とにかく話を聞かせろと促します。

「元警察官として信義に基づき話をしてもらいたいと言うんですな。それは構わないが、もちろん、過去の事件に関しては話せないこともあると念を押しました。そうしたらですね。過去に警察が扱った事件についてではないと言うんですな」

「うむ」

「ここの常連として、〈東京バンドワゴン〉についての話をしてほしいと言うんですよ」

「なんだってぇ？」

まぁ、どういうことでしょう。

「新聞記者は、誰でも知ってる大手の新聞の記者ですよ。そして役人というのはですね」

「ひょっとして、文化庁かい」

茅野さん、少し驚きました。

「ご存知でしたか」

勘一が顔を顰めます。

「ちょいとな。この界隈《かいわい》で似たような連中がいろいろ話を訊いて回っていたようなんでえ」

「それは、つまり」

「何だかよぉ、外堀を埋めてるって感じだな」

何もやましいところはありませんが、どういうことですか。文化庁というのはいったい何なのでしょう。

「さしずめ」

勘一がお茶を飲みました。

「茅野さんが訊かれたのは、うちの蔵についてじゃねぇのかい。蔵の中に入って何かを見たことはねぇかどうか、あるいはうちの蔵に入っているものについて知っていることはねぇか」

「その通りです」

真剣な顔をして茅野さんは続けます。

「もちろん、私は何も知りませんからね。一、二度蔵に入れてもらったことは確かにありますが、何かとんでもないものを見たわけでもないし、聞いたわけでもない。そもそも私が知ってるようなことは恐らく古株の古本屋さんなら誰でも知ってることでしょう」

「そういうこったな」

腕組みして、勘一はしばらく考えていました。

「実はよ」

「はい」

「ここんとこ、同業者の方にもその連中はいろいろ訊いて回っているようなのさ。何本か電話が入ってよ」

そうなんですか。ちっとも知りませんでした。

「ということは、ご主人にそういうことが知られても問題ない、と動き回っているということですな」

「そういうこった」

少し安心したように茅野さん、コーヒーを飲みました。

「いやぁ悩みました。この件をお伝えするべきかどうか」

「そりゃあすまんかったな。しかし」

ごま塩の頭をがしがしと掻《か》いて、勘一が渋面を作りました。

「随分とおおっぴらに動き回ってきたもんだな」

茅野さんは、勘一の顔を真正面から見ました。

「ご主人」

「おう」

「私でお力になれることはありませんか。奴《やつ》らはいったい〈東京バンドワゴン〉の何を調べているっていうんですか？」

勘一は、大きく息を吐きました。わたしにはさっぱり見当がつきません。あの蔵に入ってるのは古書ばかりですよ。

「そうさな。こうなったらちょいと皆に話して、きちんとしておくか」

勘一が頷いているところに、勢い良くガラス戸が開いて、我が家でいちばん元気のいい声が響きました。

「ただいまー！」

研人です。我南人に貰ったという、赤と白のストライプのピカピカ光る鞄《かばん》を揺らせて飛び込んできました。

「おう、お帰り」

「お帰り、研人くん」

「茅野さんいらっしゃい！　大じいちゃんこれ置いといてー！」

その鞄をどさっと帳場に置くと、すぐまた家を出ていこうとします。

「おい！　どこ行くんだ」

「友達のところー！」

プリントはないのー、という亜美さんのカフェからの声も届かず、あっという間にいなくなってしまいます。隣から亜美さんが顔を出したときには影も形もありませんよ。

「まったくもう！」

怒る亜美さんに、茅野さんと勘一は笑います。

「男の子は、あれぐらいでちょうどいいですな」

「まったくでぇ。まだあいつは大人しいぐらいだな」

まぁ元気で友達と仲良くやっているのだから、小学生のうちはそれでいいですよね。そのうちに嫌でも勉強やらなにやらに追われる日が来てしまうのですから。

あら、出て行ったはずの研人の姿が表に見えますね。どうやら買い物から帰ってきた紺にちょうど捕《つか》まったようです。

何やら二人で立ち話をしています。ふんふん、と紺の話に真剣な顔で頷き、研人は走り出していき、紺は裏の玄関の方へ回っていきました。親子で何の話をしていたのでしょう。

その夜です。

晩ご飯も終えて、かんなちゃんも鈴花ちゃんも眠った頃、居間に家族全員が集められました。もちろんマードックさんもかずみちゃんも。それに茅野さんと、お忙しいのに藤島さんも来てくれました。申し訳ないことに真奈美さんとコウさんも一時お店を閉めて来てくれました。祐円さんも顔を見せて、なんだか本当に全員集合です。あぁ、我南人は相変わらずどこにいるのかわかりません。

茅野さんのところにまで話がいっている以上は、そのうちに藤島さんのところや〈はる〉さんにも、新聞記者さんが現れるかもしれないってことですね。

「彼らは一体何を調べているんです？」

事情を説明すると、藤島さんが訊きました。勘一が、もう暗くなって見えませんが、庭の蔵の方に眼をやって言いました。

「手っ取り早く言っちまえばよ。目的はあの蔵ん中に眠っている国宝級の古典籍、古文《こもん》書《じょ》だろうさ」

それですか。ようやくわたしも合点が行きました。茅野さんが眼を丸くしました。

「そういうものが、やはりあるんですか」

噂《うわさ》には聞いていたでしょうね。勘一が大きく頷きます。

「ある」

花陽も研人も真剣な顔をして聞いています。こういう話を聞くのには少し早いかもしれませんが、我が家の一員である以上、いずれは知らなきゃいけないことです。

「そもそもここを創業した俺の祖父《じい》さん、堀田達吉ってのが華族の三宮《さんのみや》家の入り婿《むこ》になって大儲《おおもう》けしたってのは知ってるよな？」

藤島さんもコウさんも頷きました。それは経済史を扱った本になら載っている事実ですね。三宮達吉という名で大陸で鉄道事業で財を成し、〈鉄路の巨人〉と呼ばれた人です。もちろんわたしもお嫁に来てから知った事実ですが。

「堀田家自体は大した家系じゃねぇよ。元々は貧乏商人の出さ。江戸時代には天秤棒《てんびんぼう》担いでその辺で魚やらアサリやら売ってたって話だ。まぁどこでどうなったかわかんねぇが、華族のおひいさまに見初《みそ》められて入り婿になって、祖父さん商才はあったんだろうな。そりゃあもう随分と羽振りが良かったって話だ。ところがどっこい」

「引退したんだよね」

紺が言って、勘一が頷きます。

「何の前触れもなくよ、突然のように三宮と縁を切って財界からも引退した。そして世捨て人のようになって作ったってのが、この〈東京バンドワゴン〉さ」

明治の頃のお話です。もちろん、当時を知っている人は今では誰もいませんね。

「そんときにな、まぁ自分で稼いだ金も相当あったんだろう。この辺一体の土地も祖父さんが全部買い取ってよ、自分の息の掛かった連中ばっかりを住まわせたって話だぜ。むろん、今はそんなこたぁねぇ。土地だって、それぞれ住んでいる人たちのもんさ。それを知ってんのは、それ、そこの」

祐円さんがにやりと笑いました。

「祐円ぐらいなもんさ」

「そうか」

藤島さんです。皆が藤島さんを見ました。

「以前から、何故そんな財界の大立者《おおだてもの》が隠遁《いんとん》して古本屋などを作ったのか疑問だったんですけど」

「さすが、一国一城の主《あるじ》だな。わかったかい」

勘一がにやりと笑います。

「どういう、ことです？」

マードックさんが訊くと、藤島さんが続けました。

「隠遁して、古本屋という隠れ蓑《かくみの》を作ったのではないですか？　お祖父様は」

「かくれみの」

意味がわからないという表情をしたマードックさんを見て、祐円さんが口を尖らせて頭をごしごし擦りました。

「その時代に、隠さなきゃならない本や文書があったってことさ。そういう使命を当時のお偉いさんに頼まれて、勘さんの祖父さんは引き受けたんだよ」

「まぁ」

勘一が笑います。

「今となっちゃあそんなひた隠しにするほど大層なものでもなし、祖父さんもいい加減上流階級が嫌になったので、それをいい口実にしてのんびりしたかったんじゃねぇかって親父は言ってたな」

そうですね。お義父さまも、あんまり気にするなとは言っていました。

「そういうことだとしても、それほどまでに隠さなきゃならない本となると見当もつきませんな」

茅野さん、眼を真ん丸くしました。

「ま、明治の後半って時代と日本の情勢を考えりゃあ、日本史をちょいと深く学んだ人間なら当たりがつくってもんだがよ。それが何の文書だかは問題じゃねぇ。問題なのは、間違いなく国宝級、いや国宝たる古文書、古典籍の類《たぐい》がこのちんけな古本屋のあの蔵にあるってぇこった」

もちろん、我が家の大人たちは皆知っています。なのでこんなことでは驚きませんよね。

「しかしご主人、それだけでは、警察のＯＢがわざわざ動いたっていうのは納得できませんね。出所はともかく、国宝級のものがきちんと保管されているのは日本中どこにだってありますよね」

「おうよ」

　勘一が頷きます。

「今回誰かもわからねぇ新聞記者がいろいろ嗅《か》ぎ回ってんのは、まぁ祖父さんが残した遺産もそうだろうけどよ、その後の時代の出来事の方が大きいんだろうな」

「あとの、じだい、ですか」

「こいつぁ、死んじまったばあさんも知らねぇ。我南人には一応話したけどよ、あいつぁわかってんだかどうだかな」

「僕も知らないってこと？」

　紺に、勘一は頷きます。

「まぁ、俺がおっ死《ち》んだときのために、ちゃあんと書き物には残してあるけどよ。戦中、戦後のこった」

「戦後」

「あくまでもたとえばだけどよ、〈Ｍ資金〉、ってのは聞いたことあるだろ」

　まぁ。茅野さんも藤島さんも、皆が眼を丸くしました。

「本当にそんなもんがあったもんだかどうだかは俺は知らねぇ。でもな、親父が、ここの二代目だった堀田草平が、当時の日本政府と進駐軍の両方に密接な関係があったってぇのは事実さ。実際俺もサチもそんなようなことに巻き込まれたこともある」

そうでした。言ってみればそういうようなことで、わたしたちは夫婦になる機会を与えられたようなものでした。

「面倒くせぇ説明は抜くぜ。要するにM資金みたいな政府筋の秘密の金があったと思ってくれ。戦時中の特殊なルートやら、財閥の株式売却利益その他もろもろで得た資金が、ここ、〈東京バンドワゴン〉のあそこの蔵に眠った膨大な数の蔵書購入資金になったってぇ話よ。その文化的価値といったらそりゃあ、大英博物館クラスさ。そういうものを、親父は密《ひそ》かに託されてあの蔵の奥深くに眠らせたんだよ」

そうでしたか。そういうことでしたか。

「あの時代に、戦争で負けたときに海外に散逸してはならない宝のような書物や、あるいは世に出れば必ず人心を乱し、また人々を苦しめる戦いが始まるようなお偉いさんの文書類ってもんだな」

「それはつまり」

紺です。

「政治的な密約の文書や、表に出してはいけない政財界の要人の個人的な書き付けとか日記とかを、その秘密のお金で購入したり関係者に口止めしながら根こそぎ集めたってこと？」

「そういうこったな」

「この間もそんなニュースがありましたね。元総理大臣の封印していた日記が出てきたとか」

藤島さんが言うと勘一が頷きました。

「それをやって親父に保管してくれって持ちかけたのは、当時の日本政府の裏側で動いていた親父の知人だ。もちろん、そりゃあてめぇたちの損得勘定でやったこっちゃねぇ。あくまでも当時の世の中の安定と庶民の平和を願ってのことだ。そういったもんを全てここに封印するってぇ意味合いでの行動よ。そこんところは信じてもらっていい」

その通りですね。お義父さんはそういう人です。

「Pandora のはこ、みたいですね」

マードックさんのたとえに皆が納得しました。

「すると、それはもちろん目録にも」

勘一が深く頷きます。

「載せられるはずねぇよ。あの蔵ぁ、一見ただの土蔵に見えるだろうけどよ。実は周りから穴掘っても中に入れねぇぐらいに深く深く掘って当時の最新技術を使って造ってあるのさ。言ってみりゃあ全体が金庫みてぇなもんだ。そしてむろん」

皆を見回しました。特に、紺と青には、しっかり勘一は向きあいましたよ。

「そういったもんをまとめて放り込んだ秘密の穴蔵が床下にある。場所も開け方も俺しか知らねぇ。おっと、我南人の野郎には教えたけど、覚えてるもんかどうだかな」

茅野さんが深く頷き、藤島さんもマードックさんも随分神妙な顔をしています。もちろん、家族の皆もそれぞれに何かを考えているふうです。

「それが世に出てしまったら」

茅野さんが腕を組みました。

「今までまったく閉ざされていた日本近代史の闇《やみ》の扉が、文字通り大きく開かれるってことですな」

「まぁ今となっちゃあ何の実効もないただの歴史的な資料ばかりよ。ただ」

勘一は煙草に火を点けて、深く吸い煙を吐き出しました。

「こんなご時世だ。古いネタを大上段にかざして何かと騒ぐ奴は多いだろうよ。大げさじゃなくてよ、政府が何らかの対処をしなきゃならねぇ事態にもなるだろうな」

「ネット社会は怖いからね」

青が顰め面をしながら言います。

「すると、堀田さん」

藤島さんです。

「それを、僕たちにも教えてくれたということは」

勘一は、ニカッと笑いました。

「まぁそんな深刻な顔をするこたぁねぇやな。別に俺たちが罪を犯してるわけじゃねぇ。相手がどこまでも外堀を埋めてから来るんだったら、いずれはおめぇのところにも行く。そんときにさ、何といってもおめぇたちはお客様なんだ。大事なお客様にわけのわからねぇことで嫌な思いをさせちゃあ、堀田勘一の名が廃《すた》るってもんさ」

「あれだな」

祐円さんです。ぴちゃぴちゃと頭を叩いて、やはり笑いましたよ。

「言ってやるんだな。ぜーんぶ知ってますよって。なんなら何もかもお話ししますけど、高いですよってさ、うんと取材費をふんだくってやればいいんだよな？　勘さん」

「おうよ。その通りだ」

煙草をくわえて、パン！　と手を打ちました。

「昔にどんな秘事や密約があったとしてもよ、何があろうと今となっちゃあ時効だし、本当にどんなことがあったのかも知らねぇ。俺はただあの先祖代々の蔵を守って真っ当な商売をやってるただの古本屋のジジィだ。腹探られたって痛くもなんともねぇ。向こうだって証拠がない以上、勝手にあの蔵には踏みこめねぇ。まぁ、そういうことをよ」

茅野さんや藤島さんに向かって、勘一が頷きます。

「知っといてもらった方がいいって思ってな」

皆が納得したように頷きます。

「でも、大じいちゃん」

花陽です。

「そんな大切なものが、あそこにあるって、みんなに教えちゃったら」

勘一がからからと笑います。

「心配するこたぁねぇ。ここに居るのは皆家族みてぇなもんだ」

そう言って、パチン、と自分の腿《もも》を叩きました。

「どんなに重要なもんでも所詮《しょせん》は紙切れよ。時代はどんどん変わる。いつまでも大事に眠らせておいたっていずれは塵《ちり》になっちまう。いつかこういう事が起こるんじゃねぇかって考えてたさ。そんときには、ぱーっとバラしちまおうって決めてた」

今回は、そのいい機会だと思ったのですね。勘一らしいことですよ。

「俺の代で、そんなお守り様は終わりにしちまった方がいいってな」

ゆっくりと言って、勘一は皆を見回して笑いました。

「それは、わかりました」

藤島さんです。

「しかし、向こうはマスコミです。巨大な新聞社ですよね。それなりに取材力も権力も影響力もあります。そういう歴史的な事実だけでも記事にされたら、堀田さんの言う通り同調して騒ぐ連中も山ほど出てくる。そして推測や憶測っていうのは基本的に悪い方へ悪い方へ転がるものです。表現は悪いですけど」

青の方を見て、ちょっと頭を下げました。

「我南人さんと池沢さんのスキャンダルの比じゃありません。下手《へた》したら、いえ、間違いなくここは潰《つぶ》されてしまうような大事に」

「そんときは、そんときよ」

煙草を揉み消して、勘一は言いました。

「いいか藤島」

「はい」

「こないだみたいによ、おめぇの力を使って解決しようなんて考えるなよ。今日はそれもしっかり言いたかったんでぇ」

藤島さんが眉《まゆ》を顰《ひそ》めました。勘一はそんな藤島さんを見て、にこりと笑いました。

「もちろん、こないだのこたぁ心から感謝してる。そりゃあお天道《てんと》さんに誓って本当だ。おめぇさんの気持ちに応えて、俺ぁ精いっぱい真っ当な商売をして、おめぇがいつ来ても気持ちよく帰ってもらえる店を守るつもりさ。でもな」

でもよぉ、と繰り返しました。

「今回ばかりは、てめぇのケツはてめぇで拭かせてもらうぜ」

そう言って、いいな、と藤島さんを見ながら深く頷きます。

そうですか、勘一はそれを言いたくて藤島さんを呼んだのですね。遅かれ早かれ藤島さんの耳に入れば、またわたしたちのために一肌脱ごうとしてくれるのでしょう。本当にいい人ですよ。

でも、甘えてばかりはいられませんよね。それで先手を打ったのでしょう。

「ま、そういうわけだ。わざわざ来てもらってすまなかったな。ちょいと〈はる〉に行こうぜ。俺の奢《おご》りで一杯やろうや」

わざわざお店をいったん閉めさせてしまったお詫《わ》びですね。それがいいと思います。キナ臭いお話の後は、からりと騒ぐのがいいでしょう。

勘一たちが〈はる〉さんに出掛けた後、家に残った藍子と亜美さん、すずみさんとかずみちゃんが居間の片づけや洗い物を済ませ、座卓を囲んでいました。軽く一杯というわけではなく、かずみちゃんが大好きな紅茶を淹れて楽しんでいるようで、良い香りが居間を満たしています。

「藍子ちゃん」

かずみちゃんがその後に何か言いかけて、微笑みました。

「何ですか？」

「大丈夫そうだね。亜美ちゃんもすずみちゃんも、あんな話を聞かされても」

藍子と亜美さんとすずみさん、三人で顔を合わせてくすくすっと笑い合いました。藍子が小さく頷いて言います。

「平気ですよ。あんな家訓で育ったんだし」

〈文化文明に関する些事《さじ》諸問題なら、如何《いか》なる事でも万事解決〉ですね。

「むしろ、歓迎です」

藍子がそう続けました。

「歓迎？」

「どたばたするからこそ、おじいちゃんいつまでも元気なんだから」

「そうですよね！　なんにもなくてぼーっとしている旦那さんを見ると心配で心配で」

「刺激があった方がボケないって本当よね」

亜美さんがペロッと舌を出して言います。あぁ、その通りかもしれません。かずみちゃんがからからと笑います。

「昔も今も変わらないねぇ堀田家の女性は」

どういうことですか？　とすずみさんが訊きました。

「藍子ちゃんのひいおばあちゃんの美稲さんも、おばあちゃんのサチさんも滅多なことじゃ動じなくて、それなのに可愛くて」

「もう可愛いって年じゃありませんけど」

あら、わたしから見たらみんな可愛い年頃ですよ。かずみちゃんがこくんと頷き、紅茶を飲みます。

「勘一も我南人ちゃんも紺ちゃんも青ちゃんも、皆感謝しなきゃねぇ。あんなに好き勝手に動き回れるのも、こんなしっかりした肝の太い孫や娘やお嫁さんがいるからなんだからね」

「それ、あの人たちの居る前で言ってください」

藍子が言って、皆で大笑いします。わたしが言うのもなんですが、本当にそうですよ。かずみちゃん、後でしっかり言っておいてくださいね。

三

一週間ほど、何事もなく過ぎていきました。

何かばたばたしましたけれども、学校はありますし、カフェも古本屋も営業があります。いつもの毎日が続いていくのです。

世の中で何が強いかって、日々の暮らしや仕事をきちんと続けられる意志こそがこの世でいちばん強いもので、本当に大したものだとわたしは思いますよ。

今日も賑やかに朝食を済ませたのですが、勘一は朝からもうずっとそわそわしています。

そうなのです。今日は鈴花ちゃんとかんなちゃんの誕生日。幸い土曜日にあたりましたので、研人も花陽もお休みです。店を休みにするわけにもいきませんので、少し早めに営業を終えて、脇坂さんや祐円さんも呼んで、誕生日のパーティをすることになりました。

とはいえ、まだ一歳ですからね。豪華なお料理をたくさん食べられるわけではありません。その代わりに、花陽がお砂糖控えめの手作りのケーキを作るらしいですよ。研人と同じくいとこ同士になるのですが、花陽ははっきりと「二人ともわたしの妹！」と言ってます。可愛くてしょうがないみたいです。

あれですね、鈴花ちゃんとかんなちゃんが大きくなる頃には、花陽のことを頼もしいお姉さんとしていろいろ手本にすることでしょう。

「おい、〈昭爾屋〉に電話しなくていいのか。一升餅持ってこいって」

勘一が帳場に座る前に亜美さんに言いました。

「まだ早いですよ。今から作ってもらったら、背負う頃にはかちかちになっちゃいますよ?」

「それもそうだな」

せっかちですよね本当に。マードックさんも、赤ちゃんが一升餅を背負うのを見るのは初めてだそうで、写真を撮って後で絵にすると張り切っていました。

いつものように、熱いお茶を淹れてもらって、勘一がどっかと古本屋の帳場に座ります。

「ほい、おはようさん」

そしてこれもいつものように、祐円さんが店に入ってきました。

「おはようございます」

「おはよう藍ちゃん、コーヒー頼むな」

そう言って、そのまま古本屋に進んでいきます。普通のお客様は、壁の真ん中にありますドアを開けてもらうのですが、祐円さんはひょいとカウンターの裏から入って行きます。

「おはようさん」

勘一は見もしないで挨拶です。

「勘さん、なんか、古本屋の入口に段ボール箱があったぜ。忘れもんか?」

あら、それは。勘一が慌てて紺を呼びました。すずみさんが、さっと立ち上がってガラス戸を開けてしゃがみ込みます。

「ありました！」

祐円さんも何事かと急ぎます。あら、確かに。

「うん？」

勘一が覗き込みました。猫、犬、と来たので今度はいったい何が来るのかと話していたのですよね。

「〈よろしくお願いします。さようなら、元気で〉？」

何でしょう。段ボール箱に書いてあったのはまるでお別れの手紙の文面のようです。

すずみさんが箱を開けると、中にはやっぱり本が入っています。

「『表と裏』『二年間のバカンス』『おかしな二人』？」

「こっちは『ダブル・ダブル』『キス』『途中の家』ですね」

今までとはがらっと変わって、ミステリー風味になりましたね。エラリー・クイーン

が二冊も入っています。エド・マクベインにマイクル・Z・リューインとはなかなか渋

いセレクションですが、さてこれは何を示しているのでしょう。

「さっぱりわからねぇな。動物シリーズじゃなかったのかよ」

そこに紺が出てきて、箱に書かれた手紙のような文字を読み、本を確かめました。

「なるほどね、そう来たのか」

「そう来たかって、なんだよ」

にこっと紺が笑います。

「『キス』とか『途中の家』なんていうものを持ってくるあたり、考えてるなぁ」

どうやら紺は何もかもわかっているようですね。

「じいちゃん、どうやら箱のお届けは、これで最後のようだよ」

勘一が面白くなさそうに渋面を作りました。

「なんだよ、わかってんならさっさと言いやがれ」

「ちょっと待ってよ。花陽、研人!」

あら、花陽と研人ですか? 呼ばれた二人がまた箱が来たと聞いて慌てて走ってきました。箱を見て、本を見て、首を傾げます。

「研人は、わかるか?」

紺に言われて研人が額に手を当てましたよ。

「あ、そっか」

ポンと手を打ちます。

「わかった。じゃあ、やっぱりお父さんの言った通りだったんだ」

「そのようだな」

そういえば先日この二人は何かこそこそ話していましたよね。どうやら紺に言われて研人は何かを調べてきたのでしょうか。

箱を居間に持ってきて、中の本を座卓の上に並べました。亜美さんが研人に訊きます。

「研人は、お父さんに言われて調べて、わかったの？」

「もちろん。バッチシ」

皆がふぅむと唸りました。

「これはね、花陽ちゃんへのメッセージなんだよ」

「わたしへの？」

花陽が眼を丸くします。

「犬や猫の本も？」

「あれはね、単純にプレゼント。そしてこの最後のメッセージへの、ほら、布石ってやつだよ」

ほう、と言い勘一が腕組みします。それから、うむ、と頷いて渋面を作りました。

「紺よ、要するにこれはあれか。一方的な思いってやつなのか」

あら、わかったのですね。紺が頷きました。

「そのようだね」

さっぱりわからないと、花陽が首を傾げます。

「考えればすぐにわかるよ。花陽、ここの本に共通するテーマは？」

「テーマ？」

「犬や猫みたいに、共通したテーマでこの本は集められたんだよ」

えーと、と言って花陽が本を眺めます。

『表と裏』『二年間のバカンス』『おかしな二人』『ダブル・ダブル』『キス』『途中の家』。そう言われればすぐにわかりますね。さすがにエラリー・クイーンの『途中の家』までは、中身を読まないとわかりませんが。

花陽が顔を上げました。

「に？」

紺がにっこりします。

「そう、〈二〉だ。どの本も英語で言うと〈two〉に関係していると言えるよな」

「うん。『途中の家』はわかんないけど」

「これはな」

紺が本を手にします。

「要するに、二人の奥さんを持った男の話さ。二人の奥さんを持つために、自分ももう一人の自分を演じた」

「へー」

花陽の肩にぽん、と手を置いて、紺が言いました。

「花陽の周りに、〈二〉に当てはまるような人はいないかい？」

花陽だって堀田家の娘ですからね。こんなようなことはいろいろ経験しています。

「研人が紺ちゃんに言われて調べたんでしょ？　ってことは、研人の調べられる範囲なんて学校よね」

花陽がわかったようです。にこっと笑いました。

「双子だ！　神林兄弟でしょ。わたしの周りで、しかも学校で〈二〉に関係するってことは」

「その通り」

亜美さんとすずみさんが、あぁ！　と手を打ちました。

「あのなかなかカッコいい子ね」

勘一も、おお、と膝《ひざ》を打ちました。

「あいつか。ありゃあ、頭の良さそうな奴だ。なるほどな、こんな洒落た真似をやりそうな男だ」

「でも」

花陽が首を捻りました。

「なんで、神林くん、こんなこと？」

紺が微笑みました。

「目的が何かは後回しにして、この最後のメッセージを考えてみるとさ、〈二〉に関する本ならいくらでもありそうなのに、わざわざ『キス』なんかを持ってきている。これは、花陽のことが好きだっていう意思表示だろうね」

まぁ、花陽の顔が真っ赤になりましたよ。

「でも、『途中の家』なんかを持ってくるってことは」

すずみさんです。

「これって、兄弟二人で同時に花陽ちゃんのことを好きになったってことでしょうかね？」

「たぶん、そうだろうね」

紺が頷きました。

「まぁ作中では男が一人に女が二人と入れ違ってはいるけど、そういう意味だと思うよ」

顔を真っ赤にした花陽が、今度は膨《ふく》れっ面《つら》をしました。

「あのバカ、なんでこんなことを、みんなにわかるように」

サイテー、と呟きました。確かに告白を家族皆に知られてしまうというのは、恥ずかしいですよね。

「それにも理由があるんだよ」

「え？」

紺が、『二年間のバカンス』を示しました。

「この本はどっちかっていうと、『十五少年漂流記』の方がポピュラーなタイトルなんだ。知ってるよね？　わざわざ別タイトルの『二年間のバカンス』を入れたのにも、意味があると思うんだ」

「どういうこと？」

「花陽は二年生。神林くんたちと知り合って二年目だよね」

「そう」

「二人は、転校しちゃうんだ」

「えっ!?」

そうなのですか。ひょっとしたら、それで。

「しかも、それは友達にも内緒にしていた。きっと見送られたり騒がれたりするのが嫌だったからじゃないかな。来週の月曜日、学校に行って皆に挨拶だけして出発する。そうだよな？　研人」

「そうだってさ。先生が言ってた」

研人は花陽の通う中学校の先生を知っているのですかね。まぁ同じ町内ですから探せば繋《つな》がりはあちこちにあるのでしょう。勘一が感心したように頷きましたよ。

「まさに、君と出会って二人で同時に好きになって、楽しく過ごせた〈二年間のバカンス〉でした、さようならってんで置き手紙ってわけかい。成程ねぇ。こりゃあガキなのに大した洒落者だ」

「将来は青ちゃんみたいになるかもね」

「そこで俺を出すかよ」

そういうことなのか、と今まで黙って様子を見ていた藍子が頷きます。

「花陽、どうするの？」

「どうするって」

「きっと神林くんたち、こんなに早くわかるはずがないって思っていたんじゃないかな。ひょっとしたら、転校してしばらくしたら手紙でも出すつもりだったのかもしれない。騒がせてすみませんあれは僕たちですって」

そうでしょうね。わたしもそんな気がします。

「このまま、月曜日にさよならするだけでいい？」

あぁ、藍子がお母さんの顔になっていますね。大体この子はなかなか表情が読み辛く、感情が摑《つか》み取り難《にく》いのですが、花陽に関することだけは、きちんと母親の顔になります。

花陽はどうしますかね。

「そんなの」

下を向いてしまいました。

「おい、花陽」

花陽が顔を上げました。

「ちょうどいいじゃねぇか」

「何が？」

「かんなと鈴花の誕生祝いによ、二人を呼んでやれ」

「えっ」

驚いて、勘一を見つめます。

「いいじゃねぇか。仮におめぇがその神林を何とも思ってなくてもよ。こんなしちめんどくせぇ真似したのはよ、好きになったのが古本屋の娘だからってんで洒落た真似を必死で考えたんだろうさ。あれだ、遠く離れてもよ、自分たちのことを忘れてほしくないっていう、そいつらなりの思い出作りだったんじゃねぇのか？　まぁ男らしくはねぇけど、いまどきのガキのわりには可愛いことするじゃねぇか。だったらよ」

とん、と座卓を軽く叩いて勘一が優しく微笑んで続けました。

「ここに呼んでよぉ。お別れですけど縁があったらまたここで会いましょうってな。そういう気持ちで送り出してやるってぇのが、友達ってもんじゃねぇのか？　そいつがなぁ、小粋《こいき》ないい女ってもんよ」

中学生の女の子を捕まえて言う言葉じゃありませんが、けれどもまぁ、言いたいことはわかりますね。

「うん、わかった」

にこっと笑って、花陽が頷きました。

「行ってくる！」

言うやいなや立ち上がってあっという間に飛び出していきました。

「あいつは我南人と同じで電話ってもんを知らねぇのか」

勘一が言って、皆で苦笑いします。

花陽だって、きっと神林くんが嫌いなわけじゃありませんよ。この子はそういうところは、はっきりしている子ですからね。嫌な男の子と学校帰りに一緒に歩いたりしませせん。

もっとも、恭一くん、凌一くんのどちらがどう、とはわかりませんけれど。

夕方になって、いよいよ〈昭爾屋〉さんがお餅を持ってきてくれました。タイミングの良いことに、脇坂さんご夫妻も到着です。修平さんも来てくれたのですね。

花陽の友達の神林くんたちも、二人揃ってやってきましたが、これはもう驚きますね。

本当に瓜二つ《うりふた》の双子です。色違いのセーターを着ていますから見わけがつきますけど、それがなかったら本当に鏡に映ったように同じですよ。

かなり恥ずかしそうにしていましたけど、古本屋から入ってきて、勘一の顔を見るやいなや、仲良く並んで頭を下げました。

「変なことをして、ごめんなさい」

謝られた勘一、大笑いしましたよ。

「謝ることたぁねぇよ。まぁ普通の家なら怒られるかもしれねぇけどな。我が家は別だ。気ぃ使うことねぇよ」

物が古本にかかわることだけに、勘一はかなり喜んでいます。変な悪戯ではなく、きちんと本のことをわかったうえで、大事にしていましたからね。

「ひとつだけ訊くけどよ」

「はい」

二人同時に返事をします。また勘一は笑います。

「可笑《おか》しくて笑っちまうからどっちか一人が返事してくれ。あの本は家にあったもんか、それともわざわざ買ったのか？」

「買いました。お小遣いで」

「ここじゃない古本屋を回って、安いのを探して」

かわりばんこに返事をします。うむうむと頷いて、勘一がまた訊きました。

「あんなふうにメッセージを考えられるってことは、お前さんたちは相当に本好きなのかい」

焦げ茶色のセーターを着た子が答えました。

「僕が、凌一ですけど、本が好きなんです。なので、どの本にしようかいろいろ考えました」

「僕は読書は、普通ですけど、こんなふうにしたらきっと印象に残るだろうなって計画して」

まさに二人のコンビネーションだったのですね。仲の良いご兄弟なのでしょう。勘一はまたうむうむと嬉しそうに微笑みながら腕を組みます。

「花陽だけじゃなくてよ、俺もお前さんたちのことをよ、ちゃあんと覚えておくぜ。いつかまたこの町に来たときはよ、遠慮なく寄ってくれ。茶の一杯でも出すからよ」

「はい、ありがとうございます」

神林くんたち、引っ越し先はなんとイギリスだそうです。お父さんが海外支社に赴任するそうなんですが、マードックさんの生まれ故郷ですね。案外この先も縁があるかもしれません。

カフェも古本屋も、申し訳ありませんが五時で閉めさせてもらいます。晩ご飯の準備をしっかりして、花陽の手作りのケーキでかんなちゃん鈴花ちゃんの誕生日を皆で祝います。コウさん真奈美さんも、店を開ける前に来て料理を一品作ってくれています。祐円さんももちろん来ていますよ。我南人はどこへ行ったんでしょうね。まぁ始めた頃には帰ってきますかね。

居間では主役の二人を囲んで、勘一と脇坂さん、青やマードックさんが談笑しています。神林くんたちは最初ちょっと居心地悪そうにしていましたけど、研人と花陽の部屋を見せてもらったり、研人とゲームの話題などで盛り上がっていますね。こういうとき、人懐こい研人がいると助かりますね。

そろそろ古本屋を閉めようか、と紺が店に降りていったときです。からん、と音がしてどなたかが入ってきました。

「いらっしゃいませ」

紺が言いましたが、その表情が少し変わりました。入ってこられたのはスーツ姿の男性です。年の頃なら四十絡みでしょうか。背がとても高くて、黒縁の眼鏡《めがね》の奥の眼光はなかなか鋭い方です。

「ごめんください」

言いながら、スーツの内ポケットから名刺を出しました。

「お仕事中申し訳ありません。私、伴野《ばんの》と申します」

名刺を受け取った紺が、少し眉を顰めました。名刺には大きな新聞社の名前がありました。

「折り入って、お話をお聞きしたく参上しましたが、堀田勘一さんはご在宅でしょうか」

＊

生憎《あいにく》と居間は人で一杯です。賑やかな声が古本屋まで響きます。カフェの方で話を聞こうと勘一は言いましたが、伴野さん、ほんの少し唇を歪《ゆが》めて言いました。

「あまり人前で訊けるような話題でもないのです。よろしければ、誰にも聞かれない場所、たとえば、蔵の中ですとか、そういうところでお話を伺えれば嬉しいのですが」

渋面を作った勘一です。普段なら怒鳴って追い返すところですが、せっかくのかんなちゃん鈴花ちゃんの誕生日ですよ。皆の気分を悪くするのもどうかと考えたのでしょう。それとも、何か覚悟があったのでしょうか。素直に、伴野さんを蔵まで案内しました。

蔵の中はひんやりと空気が冷えています。周りの壁はもちろん書架で本で一杯になっていますが、一階にも中二階にも作業台が置いてあり、それなりに快適に過ごせる空間にもなっています。紺などは講師をやっていたころは、ずっとここを部屋代わりにしていましたよ。

「生憎と禁煙でな。煙草は入口の防火バケツのところで吸ってくれや」

「吸いませんので、構いません」

電気ストーブの電源を入れました。オレンジ色の光が、一階の真ん中の作業台で向かい合わせに座った勘一と伴野さんを照らします。勘一の後ろには紺と青が椅子を持ってきて座りました。紺は静かな表情ですが、青は明らかに不機嫌そうですね。

「何か、ご親戚《しんせき》の集まりでも？」

「曾孫《ひまご》の一歳の誕生祝いでな」

それは知りませんで失礼しました、と伴野さん頭を下げました。もじゃもじゃの髪の毛が揺れます。

「では、お時間を取らせるのも申し訳ないので、単刀直入に伺います」

「そうしてくれりゃあありがてぇな」

勘一は憮然《ぶぜん》とした表情で腕を組みました。

「堀田さん。この歴史も由緒もある〈東京バンドワゴン〉は実に素晴らしい。特にこの蔵は、古書店の間では〈宝蔵〉と呼ばれているそうですが、それもむべなるかな、ですね」

言いながら鞄から何かを取り出しました。コピー用紙のようですね。

「これは、私が独自に入手した戦後間もなくの進駐軍の極秘資料です。ここには、穏やかではない資金の流れの一部が記載されています」

勘一は何も言わずにじっと伴野さんを見つめています。

「その資金が、様々な人物を渡り歩き、どういうわけかはわかりませんが、最終的には日本の秘蔵ともいうべき古文書や、要人の政治的な秘文書などの購入資金となり、手に入れられた現物が、この蔵に眠っていると思われるのですよ。無論その他の、戦中戦後の様々な裏の文書もね」

伴野さんは薄く笑みを浮かべながら続けました。

「文化庁に個人的な知り合いがおりまして、彼はいわゆる国宝Gメンでしてね。日本の各地に眠る様々な国宝の資料収集確定保存などを仕事としています。その彼も、この蔵には非常に興味を示しましてね。一度は正式に調査をしたいと言っているんですよ。ところがまぁ」

とんとん、と机を指で弾《はじ》きます。

「いろいろ調べましたが、何せ長い年月が経っている上に、これをまとめた人物は相当頭の切れた人物のようです。なかなか直接的な資料や証拠が揃えられない。文化庁も、その現物がきちんと確認できなければ、いくら政府のお役人といえども執行命令など出せはしない。私は私で戦後日本の裏の資金の流れを把握し、白日の下《もと》に晒《さら》し出すのを使命と考えていましてね。記者生命を懸けてでも、この資料を基に解明したいと考えているのですよ」

　伴野さん、そこで一息ついて勘一を見ました。

「成程な。まぁそりゃあご苦労なこった。それぞれがそれぞれにきちんと仕事をすりゃあ、世の中も上手く回って行くってもんだ」

「その通りですね。そこでご相談です。私も、無駄に世間を騒がせたり他人様《ひとさま》の生活に踏み込みたくもないんです」

　ずい、と身体を前にしました。

「堀田さん、この蔵に眠っているものを調べさせてもらえませんかね」

　勘一は動きません。黙って伴野さんを見ています。

「承諾していただければ、本来の私の仕事は記事を書き、広く世間に知らしめることなのですが、具体的な個人名を出すのは控えます。さる旧家の倉庫に眠っていた物件から、戦後昭和史の闇が明らかになった、ということにしましょう。むろん、こちらの蔵に眠るものは調査され、然《しか》るべきところに出されることになるかもしれませんが、こちらの名前が出ることはありません。先代の〈堀田草平〉氏の名前もね」

「いかがですか」

　ぴくり、と勘一の眉が動いて、伴野さんはすとんと座り、椅子の背に凭《もた》れます。

「言ってることがさっぱりわからねぇなぁ」

勘一が、口を開きました。

「そりゃあ我が家の創業は明治十八年だ。この蔵の中にゃあ古くさいものがやたら眠ってる。だがおめぇさんの言うような代物《しろもの》にはとんと心当たりがねぇんだがな」

「なるほど」

伴野さん、ぽりぽりと頭を掻きました。

「知らないとおっしゃるのなら、それでも結構。私は集めた資料を基に記事を書くだけです。こちらの名前も出し、先代の〈堀田草平〉氏が政界の誰かと結託して戦後政治の闇の部分で動き、甘い汁を吸って生きてきたと知らしめるだけです。騒ぐでしょうねぇマスコミは。政治の陰の出来事ってのは何よりのご馳走《ちそう》ですからね。特に現政権に不満を持つような人たちは、良い機会だとあらゆるマスコミに耳打ちしてこぞってこちらに攻めてくるでしょうね」

伴野さんがにやりと笑います。青が動き出そうとするのを紺が止めました。勘一が渋面を作って言いました。

「そりゃあ、脅しかい」

「とんでもない。予想される事実を申し上げただけです。こちらの許可を取らなくても記事は書けるのですからね」

「眼に見えるようだぜ」

勘一が溜息交じりに言いました。

「あっという間に我が家はマスコミの餌食《えじき》だ。老舗のくせに古書店組合にも参加しねぇ、一匹狼《いっぴきおおかみ》の我が家を鬱陶《うっとう》しく思っている同業者だっているさ。実はこんな噂があります、こんなものもどうですかってよ、憶測だらけの噂だらけの攻撃に晒されて、こんなちんけな店は嫌でも音を上げちまうだろうよ。下手すりゃあ廃業だ」

「さすが、よくわかっていらっしゃる。では、ご提案通り、静かに調査にご協力いただくということでよろしいですね。話が早くて結構です」

あぁ、いけませんね。勘一の鼻の穴が膨らんでいますよ。ゆっくりと立ち上がって、机の上の資料を持つと、伴野さんに向かって叩きつけました。

「な」

「ふざけたことぬかしてんじゃねぇぞこの頓珍漢《とんちんかん》！」

やっぱりそうなるでしょうね。

「いいか！　その小せぇ耳の穴かっぽじってよっく聞きやがれ！　痩せても枯れてもこの堀田勘一、ここで長い眠りについた古本の寝息を子守唄に聴いて育ってきたんでぇ！　その安らかな眠りを守るために二十歳《はたち》のときにこの店継いでから六十年間、汗水垂らしてこいつらのために店を守って来たんだよ！　てめぇらのような薄っぺらい正義感振りかざして、死んじまった先人たちがどんな思いでこの蔵ぁ建てたかなんにも感じねぇような連中になぁ、はいそうでございますかって両手を上げる気なんて、はんぺんの厚さほどもねぇ！　とっとと消えて記事でも何でも書いてみろってんだ。載った新聞四つに折って八つに切って便所紙にでもしてやらあな。いいか、今度俺の前にその面見せてみろ。奥歯がたがた言わせて二度と旨い飯が食えねぇようにしてやるからなぁ!!」

伴野さん、顔を真っ赤にしました。口をぱくぱくしています。

「せっかく人が優しくしてやってんのに、いいんだな！」

立ち上がった勘一の後ろに、紺と青がずいっと出てきました。無言で伴野さんを睨《にら》みます。

「後悔させてやりますからね！」

資料と鞄を引っつかむようにして、伴野さんは走って出て行きました。まぁこうなるだろうとは思っていましたけれど。紺がひとつ溜息をつきました。

「じいちゃん」

「わかってるって」

勘一がどさりと椅子に腰を下ろします。

「つまらねぇ意地だってことはよ」

「じいちゃん」

青が隣に腰掛けました。勘一は二人の顔を見て力なく笑います。

「すまねぇな。せっかくおめぇたちに残そうと頑張ってきた店だけどよ。どうやら年貢の納め時だ」

　ごしごしと、ごま塩の頭を撫でてました。

「まぁ、命取られるわけじゃねぇ。最悪ここを売っ払って、どこぞの田舎《いなか》に引っ込めばよ、生きてくだけはなんとかなるだろうぜ」

　紺も青も何も言えません。勘一がそう決めたのなら、誰が何を言っても無駄ですね。皆がばらばらになってしまうかもしれませんが、言う通りに身体さえ動けばなんとかなりますよ。

　あらっ、誰かいますね。

「冗談じゃないってよ！」

　声が響いて、三人がびっくりして入口を見ると、まぁ。

　あの雑誌記者の木島さんじゃありませんか。

　スーツを着て、革の鞄を肩から下げた木島さんが真剣な顔をして蔵の入口に立っていました。その後ろには、どこへ行っていたのか我南人も立っています。

「親父ぃ、やっちまったねぇえ」

　我南人は笑ってそう言って、入口のところに凭れかかりました。木島さん、ゆっくりと蔵の中へ入ってきます。

「木島、おめぇ」

「我南人さんにお願いしてね、入らせてもらいました。すみませんね、無礼はいつものことなんで」

「なんでぇ、どうしておめぇがここへ来た」

にやっと笑います。

「堀田さん、蛇《じゃ》の道は蛇《へび》ですよ」

「あ？」

「これでもね、俺は一流の事件記者なんですよ。さっき出ていったような奴がね、何かとんでもなくでっかいヤマを狙《ねら》っているなんて噂はすぐに手に入れられるんですよ。そうしてね、俺らみたいなハイエナはそういうのを横からかっさらおうと眼も耳も全開にして跡を追うんです」

「じゃあ」

紺です。

「木島さんも、ここのことを？」

ゆっくり頷きました。

「あいつらが何を狙っているのかは、なんもかも、詳細をいただきましたよ。そして事の真相も、我南人さんからこの耳で聞かせてもらいました。おっともちろん、変な手は使ってませんよ。ただで聞かせてもらったんです」

我南人は覚えていたんですね、この蔵のことを。勘一がゆっくりと立ち上がりました。

「それで？　木島、おめぇ何をしようってんだ」

「堀田さん」

「おうよ」

木島さん、これまでのように摑み切れない表情をしていたのですが、急に口をへの字にしました。

「情けねぇですよ、俺は」

「あ？」

「俺が、あのとき言ったことを覚えてねぇんですか？　言いましたよね？　俺は『もう一度、心のマッチに愛の火を点ける』って」

我南人の歌の文句ですね。泣きそうになりながら言ったのを、わたしはよく覚えていますよ。

「俺はね、伊達《だて》や酔狂で言ったんじゃねぇ。本気で言ったんですよ。心の底から言ったんですよ。そしてね、俺の心の底を揺り動かしてくれたあんたたちに感謝してあの場を後にしたんだ。我南人さんが俺にギターをくれたのは知ってるでしょうに。その後も会ってるのは聞いてるでしょうに。どうしてマスコミが相手だってわかったときに、この俺を呼んでくれねぇんですか」

「いや、しかし」

勘一が眼をぱちくりして、首を捻りました。

「あんな連中を、大新聞社を相手にあんたらが刃向かったって歯が立つはずないでしょうが。政財界に顔が利いたなんてのは大昔の話さ。あんたらは今じゃただのおせっかいなだけの古本屋なんですよ。ボロボロにされて潰されるのがオチですよ」

確かに、その通りですね。昔は仮に力があったとしても、今はそういう時代ではありませんから。勘一が眼を細めて言います。

「んなこたぁ百も承知だが、どうしろって言うんでぇ。おめぇに泣き言言えばなんとかしてやるから、報酬でも払ってよろしく頼むってもんで、頭でも下げろってのか」

木島さん、ニヤリと笑いました。

「俺はね、堀田家からは、もう一生分の宝を貰ったんですよ。我南人さんの愛用のギターと一緒にね」

急に真面目《まじめ》な顔になりました。まっすぐに勘一を見ます。

「俺に任せてくださいよ」

勘一は、口をへの字に曲げてから言います。

「おめぇだってよ、調べる力があっても、大新聞社にはかなわねぇだろ」

「方法はありますよ。たとえば、あくまでもたとえばだ。あんたらは聞いたらすぐに忘れてくれよ。俺だってあそこと付き合いはある。勝手知ったる相手の懐だ。この顔を生かして忍び込んでデータを全部盗んで、永久に葬り去るってね」

まぁ、そんなことを。勘一は苦虫を噛《か》み潰したような顔をします。

「おっと、これは俺が勝手に決めたことですからね。あんたらが気に病む必要はまったくないってもんで」

木島さんは、鞄を担ぎ直して、一歩下がりました。

「こういうのはね、俺みたいなドブネズミの仕事なんですよ」

「どうして、そんなことまで、僕らのために？」

紺が訊きました。木島さんは少し息を吐いて、優しい顔になって紺を見ました。気のせいでしょうか。薄暗い蔵の照明に光る木島さんの瞳《ひとみ》が、潤んでいます。

「あんたらはね、あんたらみたいな連中はね、ぽかぽかした陽の当たるところにいなきゃならねぇんだ。そのあったかい日溜《ひだ》まりをさ、しっかりとさ、守っていてほしいんだよ。そうすりゃあ俺らみたいなのが時々日向《ひなた》ぼっこにお邪魔できるのさ。はい、ごめんなさいよってな」

勘一が、大きく息を吐きました。

「おめぇ」

「あんたらはさ、どんなにこの手や足が汚れてもよ、身体が薄汚れてもさ、心にLOVEがありゃあ受け入れてくれる。そういう人間がいてくれたら、俺らはどんなことだってできるんだ。いつかはここに戻ってこられるって思えばさ、どんな汚ねぇところでも這《は》いずり回れるんだ。あんたらのような連中はね、こんな世の中じゃ化石みたいなもんなんですよ。化石で、だけど、奇跡だ」

「下手なダジャレだねぇ」

じっと話を聞いていた我南人が、ゆっくりと動きました。

「親父ぃ」

「なんでぇ」

「今回ばかりはぁ、僕もなんにもしてないねぇ。ぜぇんぶ彼が調べてぇ、僕に訊きに来たんだぁ。そんときには木島ちゃんはぁ、もう全部決めてたねぇ。何がなんでもやるってぇさぁ」

木島さん、勘一に向かって少し頭を下げました。

「堀田さん、これから俺がやることは、あんたらは一切与《あずか》り知らねぇことだ。そして大ボスの藤島社長に迷惑掛けちゃあマズイんでね。俺はもうフリーの立場になってきましたよ」

そんなことまで。もう準備をしていたのですか。

「おめぇ」

おっと、と、おどけたように木島さんは続けました。

「さっきは忍び込むとか危ないことをカッコつけて言いましたけどね。俺もまだ真人間でいたいんでね。危ない橋はなるべく渡りませんよ。なに、俺はあの伴野って奴のヤバイ尻尾《しっぽ》を掴んだんで、それで脅してやりますよ」

「なんだ、ヤバイ尻尾って」

「あいつ、ロリコンなんですよ」

パカッと勘一の口が開きました。

「とんでもねぇ奴ですよ。海外のサイトから危ねぇ画像をたんと溜め込んでる。お堅い新聞社の記者がそんなことやってちゃあこりゃあ命取りだ。なに、脅せば大人しくなりますよ。大人しくならなきゃあ、奴の上司を脅しますよ。そういうときに大新聞社は脅す対象が多くて便利ってもんです。ま、お互いに記者同士なんでね、命までは取りゃしませんて」

「そんな真似して、おめぇは大丈夫なのか」

「まぁたぶん、首尾よくいってもしばらく雲隠れはしますけどね。またお目にかかれたらよろしくお願いしますよ」

そう言って、木島さんはさっさと出ていってしまいました。家の居間の方から、賑やかな声が漏れ聞こえてきます。今までの話はここにいる四人しか、それこそ与り知らぬことですね。

勘一が、大きな溜息をつきました。ゆっくりと立ち上がって、蔵から出て行きます。紺も青も我南人も、その後をついて蔵を出ました。

庭に立って、勘一はまた大きく息を吐きます。

「昔っからなぁ我南人」

「なあにぃ」

「昔っから、俺はああいう連中に助けられて生きてきたのさ。まったくよぉ」

そうかもしれませんね。ジョーさん、十郎さん、マリアさんにネズミ。皆さんそうでしたね。わたしたちのために、自分の手や足が汚れることを厭《いと》わないでくれました。本当に申し訳なくて、ありがたいことです。

勘一は頭を振って、皆に背を向けて、空を見上げました。すっかり夕闇が迫ってきて薄暗くなりましたが、まだ真っ赤な夕焼けの光が残っています。

「てめぇにはなんにも力がねぇくせに、大見得《おおみえ》切って空威張《からいば》りばっかりでよぉ。まったく情けねぇ男だなぁおい、そう思わねぇか息子としてよ」

勘一の眼が潤んでいます。泣いていますね。鼻を啜《すす》り上げました。

「それでもぉ」

我南人です。

「みんなはぁ、親父にここに居てほしいんだよぉ。いつまでもいつまでもねぇ。それがみんなの、親父へのLOVEなんだよぉ」

ありがたいことですね。本当に。

「親父はぁ、みんなのLOVEに応えるためにさぁ、長生きしてあの帳場に座って怒鳴り続けていればぁ、それでいいんだよぉ」

勘一が苦笑いします。

「てめぇに慰められるたぁ、俺もやきが回ったぜ」

我南人は、まったくそうだねぇ、と肩を竦《すく》めました。紺と青が笑っています。

がらりと、縁側の戸が開く音がしました。あぁ、研人と花陽ですね。

「大じいちゃんたちなにやってんのー！　もう始めるよ！」

「おう！　今行くぞ！」

勘一が、笑顔で、大声で、二人に向かって言いました。

＊

たとえ小さなお祝い事でも、終わってしまうとあれですね、祭りの後の淋しさを感じますね。ついさっきまでたくさんの笑顔で満ちていた居間は、すっかり片づけられて、もう夜はとっぷりと暮れました。家の中も静かな空気が流れています。

空気の入れ替えでしょうか。少し開けた縁側から、さっきまでは気づかなかったのですが、庭で鳴く鈴虫の声も聞こえてきました。いえ、あれはコオロギでしたか。長年生きてきましたけどいまだに区別がつきません。

勘一がお風呂《ふろ》につかっている間に、紺が仏壇の前に座りました。話せるでしょうかね。

「ばあちゃん」

「はい、お疲れさま。かんなちゃん、鈴花ちゃんは寝たのかい」

「うん、皆に囲まれてかなり興奮していたけど、ようやく落ち着いた」

「賑やかだったからねぇ。明日あたり、少しむずかるかもしれないよ」

「そうだね。そういえば研人もそんなことあったなぁ。忘れちゃうもんだね」

「子育てはその繰り返しですよ」

「ばあちゃん、親父はさ」

「なんだい」

「じいちゃんとこの店をさ、自分なりにずっと守ってきたんだなって、今日のことで思ったよ。好き勝手なことやってミュージシャンになったと思ってたけどさ、なんか」

「そんなに大層なことは考えていませんよ、あの子は。いつもふらふらしているから、犬みたいに棒に当たるだけですよ」

「そっか、しかもすごい高確率でだ」

「あれだね、紺」

「なに」

「紺にもすごい才能はありますよ。あの二人とずっと一緒にいられて、何とも思わないっていうすごい才能がね」

「ちがいないね。自信持ったよ。あれ、終わりかな？」

紺が優しく微笑んで、おりんを鳴らします。本当に今夜はお疲れさまでしたね。


人が生きていけば、たくさんの人と関わります。その中で背負っていくものも増えてきます。我が家も長い歴史の中で、積もりつもったものがたくさんありますね。その重さに耐え切れなくて、軋《きし》みを立てることだってあるでしょう。

でも、背負っていくものを、その身体でまっすぐにきちんと受け止めていれば、それを周りから支えてくれるものだって、たくさん増えていくんです。

人生とはそういうものだと思いますよ。それだからこそ、楽しいんです。

冬 背で泣いてる師走かな

一

師走《しわす》の声を聞いて、日毎《ひごと》に寒さが増してきました。

この季節、空気が冷たいのはもちろんなのですが、その中に感じるピンと張ったような感覚がわたしは好きでしたよ。

まだ若い時分の話ですが、しんと冷えた夜中などに外に出ますと、空気が澄んで東京でも星がしっかりと見えました。あれはカシオペア、あれは北斗七星と、まだ小さな我南人と一緒に星を指差し、赤くなった頬《ほ》っぺたを手で温めてあげたことなどをよく覚えています。

何もかもが冷えきる冬だからこそ、あったかいものが、そこにあることのありがたさがよくわかりますよね。

夏でも冬でも元気なのは犬のアキとサチですが、猫たちはいつにも増して暖かなところから動こうとしません。実は我が家では、普通の炬燵《こたつ》は妙に幅の広い二階の廊下に置かれるのです。まだ我南人が若い頃でしたかね。その方がいいということで掘り炬燵になるように廊下を改造してしまったんですよ。

廊下には壁際にテレビも置いてありますから、花陽や研人などは夕飯が終わるとそこから動きません。猫たちも炬燵の中や炬燵布団の上でまったりと過ごしています。

それじゃあ居間の暖房はとなりますと、これがおかしな光景でして、長くて大きい座卓専用の炬燵布団を作りまして、まるで普通の炬燵を三つ四つ並べたような光景になります。座卓も、その昔は七輪を入れて鍋《なべ》ができるようになっていましたので、その辺りを工夫して赤外線炬燵にできるようになっています。初めて見た方は皆さん一様に感心してから笑ってしまうのですけどね。

そんな十二月の半ば過ぎ。

毎年賑《にぎ》やかなクリスマスもだんだんと近づいてきました。

中学二年生になった花陽はもちろん心待ちにはしていますが、少しばかり雰囲気が変わってきましたよ。今年は終業式が二十四日になりましたので、その日の昼間にお友だちの家でパーティをするとか話していました。ささやかなものですが、皆でプレゼントを買い合ったりするそうです。そうやってだんだんと外へ出ていくんですよね。

　研人は実は去年まではサンタさんを信じていたようなのですが、今年は早くからクリスマスプレゼントを紺にそれとなくお願いしていました。わかってしまったのでしょう。それでも直接言わないのが研人のいいところですね。

　代わりに、嬉々《きき》として大騒ぎしているのが、脇坂さんご夫妻と勘一です。かんなちゃんと鈴花ちゃんのために張り切ってクリスマスツリーの飾り付けをしたのですが、二人も一歳と二ヶ月。言葉もたくさん覚えて感情も豊かになり、大分わかってきたとはいえ、まだ好奇心でいろんなものを口に入れてしまうこともあります。オーナメントにはタオル地のものを探して用意し、なければ手作りしたりと、それはまぁ感心してしまうほどです。

　初めてのクリスマスは去年でしたけど、まだ何もわからない赤ちゃんでしたからね。何せ孫のためにたくさん人数が乗れる車まで買ってしまった脇坂さんです。今年のプレゼントはいったいどんなものをどれだけ買うつもりなのかと、亜美さんは今から戦々恐々としてますよ。すずみさんは大喜びしてますけどね。

　クリスマスの飾り付けがあちこちにある中で、いつものように朝ご飯の支度が始まっています。

　かずみちゃんは相変わらず元気で台所に立っています。この頃はすっかりご飯支度に関してはは陣頭指揮を執っていますよね。朝昼晩と大勢のご飯を作る我が家ですから、かずみちゃんが動いて買い物をしてくれたり、献立を考えて準備してくれるのは本当に大助かり。藍子も亜美さんもすずみさんも、子供のことやお店のことに集中できるので喜んでいます。

花陽と研人とマードックさんが居間の座卓の準備に動きます。今日の朝ご飯は、白いご飯に豆腐と油揚げと葱《ねぎ》のおみおつけ、ふろふき大根の辛味噌《からみそ》のせ、いただきものの牡蠣《かき》の佃煮《つくだに》に、小魚のマリネ、ハムエッグに焼海苔《やきのり》に胡麻豆腐《ごまどうふ》。

かんなちゃんと鈴花ちゃん、もう離乳食をスプーンを使って自分で食べるようになりました。床にシートを敷いて低いテーブル付きのベビーチェアに座って、それぞれのお母さんの隣でにこにこ笑ってスプーンを持っています。これがまた可愛いのですが、自分でご飯を食べ出すとなかなか大変なのですよね。しばらくの間はこぼしたり大騒ぎしたりですけど、これだけ世話する人間がいるので大丈夫でしょう。

皆が揃《そろ》ったところで「いただきます」です。

「おいソリ買わねぇか、ソリ」

「お母さんあのほわほわ付いたコートってまだあったっけ？」

「きのう、ちちから、でんわありました」

「でぃわ」

「あ、これ半熟になってる！　誰か替えて！」

「旦那《だんな》さんソリってなんですか」

「なんだって言ってきたの。お父さん」

「あら？　このお箸《はし》、亜美ちゃんのじゃない？」

「研人ぉ、今年はぁ、サンタさんなに持ってきてくれるのぉ」

「ほわほわって、あの薄いピンクの？」

「ソリをどうするの。ほら研人俺の玉子固いぞ」

「ＰＳＰ！」

「なつに、こられなかったので、ふゆにきて、おんせんにいきたいと」

「あー！　鈴花ちゃーん！」

「鈴花とかんなを乗せるんだよ。雪が降ったら。おい、ゆずこしょう取ってくれ」

「今年ああいうの流行《はや》っているんだよ」

「昔ねぇ、ＮＳＰっていうさぁ、いい歌唄うのがいたんだよねぇ。温泉もいいねぇ」

「あれ？　じゃあこの箸は誰の？　藍子さんのじゃないですよね」

「にゅうにゅ、にゅー！」

「ソリに乗れるほど積もらないよ」

「旦那さん、なんでお味噌汁にゆずこしょうを！」

「あら、じゃあ私のこの箸が亜美ちゃんのかい？」

「旨《うま》いんだってやってみろ」

これだけ人数がいると、それぞれのお箸はいつも誰かが間違っていますよ。もう花陽も研人も大人の箸を使っていますからね。お椀《わん》もご飯茶碗《はんぢゃわん》もとにかくたくさんあって、マードックさんは最初は毎日悩んでいました。そのうちに、名前入りのものを自分で作ると言い出しましたからね。


クリスマスもそうですが、年の瀬が近づいてきますと、我が家では大掃除の準備が始まります。これだけ古い家ですと大掃除もなかなか大変です。古い日本家屋なので障子や襖《ふすま》も多く、毎年張り替えのことを考えるのも一苦労。

今年は、かんなちゃんと鈴花ちゃんが破ってしまった跡がたくさん残る、居間と仏間の障子と襖の張り替えです。障子は自分たちでやって、襖は毎年業者の方にお願いしていたのですが、今年はマードックさんが襖を張り替えることになりました。

版画や日本画にも造詣《ぞうけい》が深く、そういう作品も多く作っているマードックさん。結婚前からちょこちょこ我が家の掛け軸や衝立《ついたて》の補修などもしてくれていましたからね。今年は時間に余裕があったので、以前から考えていたという襖絵に取りかかってくれていたそうです。これはなかなか仕上がりが楽しみですね。

今日は朝からきれいに晴れていまして、陽射しも暖かです。

花陽と研人が学校に出掛けると、かんなちゃん鈴花ちゃんの世話はかずみちゃんと亜美さん、古本屋はいつものように勘一が帳場に座り、カフェには藍子とマードックさんが立ちました。

恒例の蔵の大掃除の担当は、今年は青とすずみさんです。何せ膨大な量の古書があります。全て掃除していては身体《からだ》が持ちませんので、毎年つけている記録を確認しながら、今年はここのスペースをやろうと決めて順繰りにやっているのですよ。

蔵の前で図面を拡《ひろ》げ、青とすずみさん、二人であれこれ話しています。

「畳の張り替えはどうしようね。中二階のも、けっこう傷んでるし」

「そうだな。四畳半だし、やっちゃうか」

「じゃあ、後で常本《つねもと》さんに言っておくね」

お向かいの畳屋の常本さん。毎年我が家の畳の張り替えをお願いしているのですが、今年は新しい従業員の方が増えました。インターネットで販売している海外への畳の受注が、この不景気の中でも順調だそうでして、手が足りなくなってきたとか。嬉《うれ》しい話ですよね。

「金庫の中は、どうする？」

すずみさんが何故《なぜ》か眼をきらきらさせて青に訊《き》いて、青は苦笑いします。普段、金庫と呼んではいますが、蔵の東側の奥の小部屋です。そこには大仰な鉄の扉が付いていて、一人では開けられないぐらい重くなっています。時折り油などは差していますけど、もうああいうものを修理できる職人さんもいないのでしょうね。

そういえば、すずみさんが来てからはまだあの金庫の中の掃除はしていませんか。もちろん、扉を開けて風通しや、蔵書の虫干しはしていますけどね。

「そうだなぁ、この間掃除したのは二年前だったか」

すずみさん、うんうんと頷《うなず》きます。

「やろうか」

続けて青が訊くと、すずみさん子供のように瞳《ひとみ》を輝かせてまた頷きます。

「ただし、掃除の間は絶対に本は開かないこと」

青に言われてすずみさんは、いーっ、と顔を顰《しか》めました。まだ新婚さんのように、いつまで経《た》っても仲の良い二人ですよ。

古本屋の嫁になるために生まれたのではないかと思えるぐらいのすずみさん、掃除していても、ついつい本を開いて見入ってしまうんですよね。

店では勘一が帳場に座り、いつものように何やら本を読んでいます。からんころん、と土鈴が鳴ってガラス戸が開き、勘一が顔を上げます。あら、笑顔を見せました。

「よぉ、いらっしゃい」

「おはようございます」

涼やかな声で、華やかな笑顔を見せたのは永坂さんじゃありませんか。随分とお久しぶりです。これは流行りなのですかね、軽やかな白いダウンのコートに焦げ茶のブーツがお似合いです。相変わらず女優さんに負けないぐらい美しいですよ。

「お見限りだったんじゃねぇかい」

「申し訳ありません」

ぺこん、と頭を下げて微笑《ほほえ》みます。

「あの」

本を見に来たのではないようですね。そもそも永坂さん、我が家に自分の本を買いに来たことはありませんものね。

「今日は、ご挨拶《あいさつ》に」

「挨拶?」

勘一が、まぁ座りなよ、と丸椅子《まるいす》を示しました。永坂さん、すみませんとスタイルの良い身体を折り曲げて座ります。

以前は我が家の常連で、六本木ヒルズでIT企業を経営する藤島さんの秘書でした。考えるとそうして知り合ってからなんだかいろいろありましたね。

永坂さん、秘書としてではなく、女性として藤島さんを慕っていたのですが、なかなかうまくいかなかったのです。

「あの、S&Eを辞めてから、まだこちらに伺っていなかったものですから」

なるほど、と勘一が頷きます。そういえばそうですね。

「在職中はいろいろとお世話になっておきながら、不調法をいたしまして申し訳ありませんでした」

深々とお辞儀して、それから手にしていた紙袋を勘一に、つまらないものですけれどと差し出します。普段はお客様からのそういう気遣いを嫌う勘一ですが、永坂さんとなると話は別ですね。

「そうかい。まぁ気持ちだからな、受け取っておくよ」

素直に頭を下げて、包みを受けとりました。これは〈球龍堂《きゅうりゅうどう》〉さんのお菓子でしょうね。

「で？　今はどんなところに居るんだい」

「はい、同じような企業なのですが、現場に」

「現場？」

なんでも永坂さん、藤島さんのところでは優秀な秘書として活躍されてましたけど、元々は藤島さんと同じくプログラマーなんだそうです。

勘一が、ほぉ、と感心します。

「じゃあ、あれか、大学も一緒だったって話だけどよ、同じ学部で同じ勉強をしてたってことか」

「そうなんです。ずっと秘書の仕事ばかりしていたんですけど、心機一転、自分の技術をもっと磨こうかと思いまして」

永坂さん、いろいろ葛藤《かっとう》もあったのでしょうけど、吹っ切って決めたことなのでしょう。

「いいこった」

勘一が、パン！　と机を叩《たた》きます。

「今は女もな、てめぇの腕一本で食《く》っていってそれを誇れる時代よ。がんばりゃあいくらでも何とかなるだろうしな。それに、あんたのその美貌《びぼう》だ。言い寄ってくる男は星の数だろうよ」

永坂さん苦笑いしますけど、本当にそう思いますよ。いえ、今までも星の数の求婚なりあったはずなのに、それを全て断って藤島さんに思いを寄せていたのですよね。

「きっとよ、藤島よりいい男が現れて、あんたの心の支えになってくれるさ」

にっこり笑う勘一に、永坂さんも頷きました。

「まぁせっかく来たんだ。隣でコーヒーでも飲んでいってくれよ。藍子や亜美ちゃんも喜ぶさ」

「はい、そのつもりでした」

一礼して永坂さん、カフェの方へ移っていきました。勘一が後ろ姿を見送って、頷いていますが、ふと、何かに眼を留めました。あぁ、店に付けたクリスマスの飾りですね。なんでしょう、何かを考えています。

「クリスマスなぁ」

何をしみじみと呟《つぶや》いているんですか。

「クリスマスがどうかしましたか」

ちょうど戻ってきたすずみさんが、その呟きを聞きつけて、勘一に訊きました。

「いや、なによぉ」

煙草《たばこ》を取って、火を点《つ》けます。

「今年のクリスマスは、藤島の野郎は何をして過ごすのかなってよ。ふと思ったのさ」

すずみさん、カフェから響く永坂さんの声に気づいたようで、なるほど、と頷きました。

「いっつも、どうせ予定があるだろうからって呼んだりしませんでしたもんね」

「おう」

「訊いてみましょうか？　今年のクリスマス、予定がなければ、うちに来ませんかって」

　ぽんぽん、と煙草の灰を落として勘一が頷きます。

「アパートの件では世話になってるしな。そんなことぐれぇしかできねぇけど、どうぞってよ。そうだ、藍子に電話させりゃあいい」

「そんな旦那さん、古傷に触れるような」

「いいんだよ。その方があいつは喜ぶのさ」

　そうかも知れませんね。藤島さんの藍子への思いは、大好きだったお姉さんに繋《つな》がっているのですから、今さら男女の云々《うんぬん》はないでしょう。マードックさんもその辺はよくわかっていますし、きっと藤島さん喜んでくれますよ。

「うん？」

　あら、なんでしょう。低い音が響いてきます。あれはバイクの音でしょうか。マフラーからの排気音というものですよね。

「でけぇな」

　勘一も若い頃は〈陸王《りくおう》〉という大きなバイクに乗っていましたので、わたしもわかりますよ。でも、あの嫌らしい暴走族とかいうもののバイクの音じゃありません。どんどん近づいてきたかと思うと、店の前にバイクが停《と》まりました。

　なにやら真っ赤なバイクですよ。焦げ茶色の革ジャンパーに革のパンツを穿《は》いた男の方が降りてきます。背中にこれも焦げ茶のリュックを背負ってますね。

「カッコいいですねー」

勘一は何やら渋面を作っていますが、これは単にカッコいい男が基本的に気に入らないだけですね。あら、でもヘルメットを脱いで現れたのは意外にお年を召した方ですよ。白髪が目立ちます。お店のガラス戸を開けました。

「いらっしゃい」

「すみません」

それほど背は高くはありませんが、細身の方ですね。眼鏡《めがね》を掛け直しましたが、さて年の頃は五十絡みといったところでしょうか。

「紺くんは、ご在宅でしょうか」

「紺はちょっと外へ出ていまして、小一時間で戻るとは思うんですけどね」

紺のお知り合いですか。そうでしたか、と男性はちょっとがっかりしたようですね。

「申し訳ないですな」

「いえ、事前に連絡してから来れば良かったのですが、いつも店にいると思ったもので」

「大抵はいるんですけどねぇ。失礼ですが、手前、紺の祖父でございますが？」

その男性、申し訳ありません、と頭を下げました。

「名刺を持ってきていませんが、百々《どど》、と申します」

あら、そのお名前は。勘一が首を捻《ひね》りました。覚えていませんかね。

「紺くんとは大学で一緒でして」

なんですか、随分と神妙な面持ちですね。わたしもお会いしたことは一度もありませんが、紺の大学時代の恩師であり、また紺をその大学の講師に推薦してくれた方ですよ。日本文学を研究していらして、紺はこの先生を随分尊敬していましたよね。

「あぁ」

ポン、と机を叩きます。

「教授先生でしたな、百々先生」

「いえ、准教授です」

こりゃ失礼と勘一が笑いました。

「これはこれは、その節は孫がお世話になりっぱなしで、申し訳ありませんでした」

百々先生、ほんのちょっと怪訝《けげん》そうな顔をされましたが、すぐに笑顔になりました。

「こちらこそ、紺くんには頑張ってもらいましたのに、私の力が足りずに」

「いやぁ、本当ならね、あいつの我儘《わがまま》でせっかく推薦してもらった講師を辞めちまって、こうしてお世話になった先生に合わせる顔はねえんですけどね」

いいえ、と先生は微笑まれますが、どこかぎこちないですね。何かありましたでしょうか。

「それで、今日は何か紺に」

「いえ」

少し何かを考えていらっしゃいましたけど、思い出したようにリュックをおろしました。

「そうだ、ちょっと見ていただきたい本があるのですが」

「結構ですよ、拝見しましょうか」

百々先生、丁寧に包まれたものを勘一に差し出しました。

「ほう」

中から出てきたのは、これはまた相当古そうな本ですね。函《はこ》に入っていて、多少変色はしているようですけど、いい状態ですね。勘一が机の引き出しから白手袋を取り出しました。すずみさんも棚から取って手にします。

「『源氏物語』ですね」

紫式部《むらさきしきぶ》の『源氏物語』ですか。

「中央公論社刊の、谷崎潤一郎訳ですな」

先生も頷きます。函から出して頁《ページ》を開いて調べると、どうやら昭和十四年に発行された初版のようです。戦時中ではないですか。まだ勘一とわたしも出会っていない頃です。

お互いに十二、三歳の頃ですね。

　こりゃあいい、と勘一は嬉しそうです。

「これだけ古くて状態の良いものはなかなか手に入らない。さすがに先生、貴重なものをお持ちですな」

　勘一が言うと、百々先生はにこっと笑います。何でも自宅には全巻桐箱入りで揃えていらっしゃるとか。

「もし、引き取ってもらえるとなると幾らぐらいになるものでしょうね？」

　そうですな、と勘一は考えます。

「状態も良し。桐箱まで揃っているとなれば、五万程で引き取らせていただきますがね。そういうご予定がおありですか」

　そこで百々先生、いえ実は、と勘一に向かって言いました。

「なんでしょう？」

「家の方に、こんなようなものがまだたくさんあるのです」

「ご職業柄、そうでしょうな」

「もちろん、大事な個人的な研究資料ですので売りたくはないのですが、諸事情があって保管ができなくなりそうなのですよ」

　なるほど、と勘一が頷きながら、立ち話もなんですからどうぞ、と丸椅子を勧めました。百々先生、ちょっと頭を下げて座りました。

「まぁその諸事情ってのは詮索《せんさく》しませんが、たとえば大学の自分の研究室に置いておくってことはできねぇんですか」

「それが」

近頃は個人蔵書と研究資料の明確な区分をしておかないとなかなかややこしいことになって、難しいのだそうです。なるほどそういうこともあるのかもしれませんね。

「以前から、こちらのお店では古書をきちんと扱うというお話を聞いてはいましたが、さすがに預かり保管まではしてくれませんよね」

そうですなぁ、と勘一が苦笑いします。

「売り物ではないものを預かる商売はしていませんなぁ」

「そうですよね」

先生が少し肩を落とすのを見て、勘一は続けます。

「その、保管ができなくなるってのは、ずっとなんですかい。それとも一時的なもので？」

「あぁ」

少し考えて言いました。

「そうですね、ちょっと長くはなりますが、一時的になんです」

「それでしたらですね、百々先生」

「はい」

勘一、にっこり笑って言いました。

「本を売る古本屋である我が家でお預かりするのはなんですんで、知人が〈東雲文庫〉ってところをやってるんですが、ご存知ですかね」

「あぁ、もちろん知ってます。静岡のですね」

そうですね、その方法がありますね。いい考えだと思いますよ。

「あそこは公共の施設ですしね。同じように日本文学の古いものをたくさん所蔵してます。倉庫にある程度の期間保管しておく分にはなんの問題もありませんし、ここよりはるかに安心ってぇもんですよ。もちろん金なんて掛かりません。なんでしたら、ご紹介しますし、俺から言えば二つ返事で了解してくれますよ」

「知り合いというと」

「そこの管理人は、我が家に住み込みで働いていた夫婦でして、それこそ紺を小さい頃から知ってます。親戚《しんせき》のおじさんおばさんみたいなものですな」

「あぁ、そういうことでしたら、それは願ってもないありがたいお話です」

それですぐに勘一は電話をして、百々先生が直接拓郎くんのところに持っていくということで早々に話はまとまりました。百々先生、勘一に頭を下げて、また改めてお礼に来ますと去っていきました。どうやら紺に用事だったのもこの件だったのでしょうね。

すずみさんは黙って仕事をしながらずっとお話を聞いていたのですが、先生が帰った後に、小首を傾《かし》げて勘一に言いました。

「旦那さんは、初めて会ったんですか？　百々先生に」

「そうだな。話には聞いてたけどよ。まぁ大学に入っちまったら先生がどうのこうのなんて話もしねぇしな」

小学校や中学校じゃないですからね。わたしもほとんど話は聞いたことがなかったですね。

「そういえば、お義兄《にい》さんが講師を辞めた理由って、聞いたことないんですけど」

勘一がむぅ、と唸《うな》ります。

「俺も知らねぇな」

「そうなんですか？」

まぁなぁ、と苦笑いします。

「就職したいい大人なんだからよ。いちいち干渉すんのもなんだろう。本人が納得して家族に報告してそれで終わりよ。あいつも細けぇことは何にも言わねぇし、もう大昔のこったしな」

そうですね。それで仕事もしないでぶらぶらしていたのならあれですが、古本屋の仕事やフリーライターとしてきちんとやっていましたから。

「あらっ」

すずみさんが椅子を片づけようとして、気づきました。

「先生、本を忘れていっちゃいました」

あぁ、『源氏物語』ですね。勘一が受け取ります。

「そういやぁうっかり連絡先も聞いてねぇな。まぁ大学に行きゃあいるんだろうが」

「お義兄さんが知ってるでしょう」

「そうだな」

後で紺に伝えとけや、と勘一が本を後ろの棚に置きました。

＊

午後の三時を回った頃です。勘一はもちろんお酒も好きですが、甘いものも大好きでして、一時はおやつに大福を五個も六個も食べていたものです。

もちろん、この年になってそんなに食べていては身体に毒ですね。三時のおやつには、甘さ控えめの和菓子を一個だけ食べています。

ときどき近所の〈昭爾屋〉さんが届けてくれるのですが、今日は塩大福のようですね。

勘一の分だけではなく、大抵は六個入りです。女性陣がダイエットを気にしながら、順番に食べていくのでしょう。

のそりと現れたのは我南人です。どこかへ行ってたのですが帰ってきたようですね。

「おめぇも食うか」

「大福、いいねぇ」

我南人も甘いものが好きですよ。帳場の横に腰掛けて大福を一個取りました。そういえば最近は家にいることが多いような気がします。孫であるかんなちゃんと鈴花ちゃんともよく遊んでいますけど、ようやく年齢に見合った落ち着き方をする気になってきたのでしょうか。

二人で熱いお茶と塩大福を幸せそうに帳場で食べているときに、入口のガラス戸が開きました。

あら、藤島さんですね。

「おう」

「どうも、こんにちは」

お客さんではありますが、マードックさんと藍子とかずみちゃんのアパートの大家さんでもありますから、なんだかおもしろい関係になってしまいましたね。

「久しぶりだねぇ、藤島くぅん」

「家賃の回収か？」

冗談めかして訊く勘一に、藤島さんは手を振って笑います。

「はい、これ感想文です」

「おう」

相も変わらず感想文を持ってくるのですよね藤島さん。いい加減にもうやめてもいいように思うのですが、これが二人の間の楽しみ事なのかもしれません。

「大福、どうだ。まだあるぞ」

「あぁ、美味《おい》しそうですね、いいんですか？」

「食え食え、社長さんは少し貫禄《かんろく》つけなきゃ駄目だ。いつまで経っても細っこくてよおめぇは」

確かにそうですね。お仲間の三鷹さんはがっしりとした逞《たくま》しい体格なのに、藤島さんは変わらずスマートです。隣から藍子が日本茶を持ってきました。

「いらっしゃい」

「先ほどは電話をどうも」

いえいえ、と頭を下げます。藍子が持ってきたお茶を飲んで、大福を、いただきますと口に入れました。

「来るんだろ？　クリスマス」

「はい、お招きありがとうございます」

そうですか、もう電話をしたのですね。我南人が、あぁ、と頷きました。

「来るんだねぇ、クリスマスぅ」

「はい。お邪魔させていただきます。大勢でクリスマスを過ごすなんて久しぶりですよ」

へぇ、と勘一がお茶を飲みました。いつもはどうされていたんでしょうね。藤島さんが持ってきた感想文を読みながら、ちらりと勘一は藤島さんを見ます。

「なんか言いたそうだな、おい」

え？という顔をして藤島さんは勘一を見ましたが、すぐに苦笑いします。

「わかっちゃいましたか」

「わからいでか。もう何年も顔突き合わせてんだ。ましてやてめぇはすぐに顔に出るからな。社長さんとしちゃあ頼りなくってしょうがねぇ」

失礼ですよ、そんなことはありません。もう何年もあの大きな会社で代表を務められているんですからね。

「そうかも知れませんね」

あら、真面目《まじめ》な顔で頷きます。勘一も、眼を細めて藤島さんを見ました。

「正直、僕がいなくてももう会社は回っていくと思うんですよ」

何を言い出すんでしょうか藤島さん。勘一は腕を組んで背を反らせて、藤島さんを見つめます。我南人は口をもぐもぐしながら黙って見ていますね。

「まぁそうだろうな。社長なんてもんは会社が回り始めれば、後は言ってみりゃあゼンマイ時計のネジを巻く係よ。ましてやお前さんところはもう優良企業だ。ネジ巻くのを忘れないように、巻き過ぎないようにできる奴《やつ》なら誰が社長やってもおんなじだろうよ」

「その通りなんです」

藤島さん、勘一の物言いに感心したように言います。

「でもよ」

組んだ腕を解《ほど》き、勘一はお茶をずずっと啜《すす》ります。

「そういうこっちゃねぇんだろ。あれか、三鷹の野郎と永坂さんのことでかよ」

「はい」

以前に言っていましたね。あの二人をなんとかしたい、そのために何らかの決着をつけると。その後どうしたかは何も聞いていませんけれども。

「会社を辞めるのもひとつの手段かな、と思っているんです」

大福を食べながら言いましたけど、お菓子を食べながら言うようなことではありませんね。我南人が少し眼を丸くしました。勘一は、むぅ、と唸ります。

「おめぇが辞めたって、どうなるもんでもねぇだろ。話は男と女のことなんだろ。その、三鷹と永坂さんをなんとかしたいってぇのはよ」

「でも」

お茶を飲んで続けます。

「僕がいなくなれば、口幅《くちはば》ったいですけど、三鷹は確実に困るんですよ。これでも最良のパートナーだと自負しています。そうなると三鷹は誰を頼るかとなれば、永坂なんです」

なんでも、会社を立ち上げるときに一緒になって奔走したのは三鷹さんと永坂さんだそうですよ。そうして、二人で役員になるときに永坂さんは自分の意志で一歩下がって、秘書という立場になったとか。

首を捻って、勘一は唸ります。

「もちろん、そのためだけに辞めようと思っているわけじゃありませんよ」

にこりと笑います。

「新しいことにチャレンジもしたくなったからです。実は、今まで僕は三鷹と永坂に助けられてばかりだったんですよ」

「そうなのかい」

藤島さんが頷いて、勘一が笑いました。

「まぁ社長として表に立つのは、おめぇの方がはるかに見栄えがいいからなぁ、あのイガグリ坊主の三鷹より」

我南人も藤島さんも笑います。それはまぁ三鷹さんには申し訳ありませんが、そうかもしれませんね。藤島さんが少し肩の力を抜くようにして続けました。

「もう三十になります。自分一人の力でどこまでできるんだろうか、何ができるんだろうかってことをずっと考えていたんです」

「それをいいきっかけにして、独立しようってことかい」

「そうです」

指についた大福を、我南人はペロペロ嘗《な》めて取っています。なんです本当にはしたない。

「ただまぁ、確かに永坂に、『僕が辞めるから戻ってくれ』、三鷹には『僕は辞めるから永坂を呼び戻せ』と言っても、二人が素直にそうするかと訊かれれば」

「そうは簡単にいかねぇだろうよ」

その通りなんですよね、と藤島さん笑いました。そりゃあお二人とも、能力があってそれぞれ頑張っていらっしゃるんでしょうからね。

「だから、そう決めたのはいいけど、二人にそう決心してもらうには、どうすればいいのか考えがなかなかまとまらなくて」

「決めたって、会社を辞めることはもう決めたってのかい」

「はい」

そうなんですか。それはまた大きな決断ですね。

「辞めて何をするんでぇ」

「同じようなことです。ただ、S&Eは僕の大好きな会社です。決して食い合わないように、お互いに切磋琢磨《せっさたくま》して伸びていけるようなことを考えています。今の大きくなった会社ではなかなか小回りが利かないんですよ。ですから隙間《すきま》産業みたいなものを考えています」

「あれだねぇ」

我南人が言いました。

「言ってみればぁ、感じとしてはぁ、独立採算制の別部門を立ち上げるようなものじゃないのぉ。音楽で言えば、別レーベルを作って独立するみたいなぁ」

「あぁ、そうですね。イメージとしてはそんな感じです。あ、もちろん我南人さんにはご迷惑をお掛けしない形にしますのでご安心ください」

一応、我南人は今ではS&Eと契約する身ですからね。レコードの版権やらそういうものを預けているのですから。あれをきっかけにして、藤島さんの会社では、今では音楽配信の仕事も始めて、他のミュージシャンの方も多く抱えているのですよ。

「まぁなるほど。それはわかったとして、そうさなぁ」

勘一が煙草を吹かして考えます。

「三鷹の野郎も永坂さんも頑固だからなぁ。さぁくっついてくださいったって、おいそれとなぁ」

それはそうですよ。

「あのさぁあ、二人がぁ、本当は好きあってるって、確かなのかなぁ」

「そういう表現が適当であるかどうか自信はありませんが、お互いに、お互いを強く必要としていることは間違いありません。今頃永坂は、僕と離れたことより、会社を辞めて三鷹から離れたことを後悔し、三鷹は永坂を引き止めなかったことを後悔しています」

それは確信があります、と藤島さん頷きました。それほどまでに言うのなら、そうなのでしょうね。我南人は、何故か大きく頷きました。

「藤島くぅん」

「はい」

「我が家のクリスマスパーティにさぁ、三鷹くんも呼んでよぉ」

勘一と藤島さんが、少し首を傾げました。

「別に知らねぇ仲でもなし、呼んでもいいけどよ。どうすんだよ」

我南人はにっこり笑います。

「後でぇ、藍子に永坂さんに電話させてぇ、永坂さんも呼ぶよぉ。もちろんぅ、永坂さんにはぁ、三鷹くんと藤島くんが来るのは内緒でねぇ」

勘一が顔を顰めました。何を考えているんでしょうね我南人は。

「なにかやらかそうってのか」

「まぁねぇえ」

笑いながら我南人は立ち上がって、よろしくねぇと言いながらどこかへ行ってしまいました。いつものことですが、何でしょうね。勘一が苦虫を嚙み潰《つぶ》したような顔をします。

「まぁ、なんか考えがあるんだろうさ。あれでそうそう下手《へた》打つこたぁねぇからな。三鷹と一緒に来いや」

「そうですね、そうします」

藤島さんも我が家のこういうことにもすっかり慣れっこですものね。

二

それから三日ほど経った日曜日です。

冬の陽射しがぽかぽかと暖かく、お昼ご飯を終えて、家の中にのんびりとした空気が流れる頃。開け放した仏間と居間を行ったり来たりして、鈴花ちゃんとかんなちゃんが、マードックさんとかずみちゃんと積み木で遊んでいます。

カフェのカウンターには亜美さんと藍子。あら、めずらしく康円さんが奥さんと二人でお茶を飲んでいますね。どこかへ出掛けた帰りに咽《のど》を潤しているのでしょうか。そこにひょいと顔を出したのは、二丁目の〈昭爾屋〉さんのご主人、道下さんです。康円さんと少し話をしてからカウンターに座りました。

「どうも」

「いらっしゃい。何にします？」

亜美さんがにこっと笑います。

「相変わらず美しいねぇ亜美ちゃん」

「おだてたって、なんにも出ませんよ」

からからと道下さんが笑います。

「今日は年末のあれ、頼みに来ただけなんだ。臼《うす》と杵《きね》」

藍子があぁ、と頷きます。

「そんな季節になっちゃいましたね」

昭爾屋さん、毎年お餅《もち》を年末に臼と杵でつくんですよね。ご近所の臼と杵も借りてきて盛大につきますから、近所では恒例のお祭り気分になります。

商売物のお餅をつくのはもちろんなのですけど、小豆《あずき》やら納豆やら黄な粉やら、いろんなものを用意して、つきたての餅をその場で皆で食べるのです。花陽も研人も毎年楽しみにしてますよ。

「今年はかんなちゃんと鈴花ちゃんも食べられるんじゃないかい」

「あ、そうですね」

去年はほんのひとかけら、それこそ二人の小指の先の半分ほどを、縁起物だと口に含ませたぐらいです。ちいさくちいさくしてあげれば大丈夫ですよね。

「忙しきゃ、こっちで洗っておくけどさ」

「大丈夫ですよ。やっておきます」

「すまんね。今年は二十六と二十七日につくから。頼んます！」

じゃ、よろしく！　と、道下さんが出て行きました。今じゃ持っているご家庭が少ない臼と杵ですが、この辺りではこの日のために、とちゃんと保管しています。

古本屋の帳場では、勘一が何かに見入っています。何故かソリにこだわっている勘一。今風のあのプラスチックのものではなくて、昔々に北国で使われていた木製のソリをかんなちゃんと鈴花ちゃんにどうしても買ってあげたいようですね。すずみさんに頼んでインターネットで調べてもらい、プリントアウトしていました。

「どうしてソリなんです？」

すずみさんが訊くと、勘一はにこりと笑います。

「昔な。何歳だったかなぁ、まだ十歳やそこらのことかなぁ」

すずみさんが、んーと、と考えます。

「昭和十年とか、それぐらいですか？」

「そうだな、そんなもんか。ここらでものすごい大雪が降ってよ。あんなに降ったのはあれっきりじゃねぇかなぁ」

最近は本当にごくわずかですが、昔は東京でもけっこう雪が降って積もりましたよね。小さい頃に大喜びして遊んだことを覚えていますよ。

「当時近所にいたおじさんがよ、こういうソリを作ってくれたんだよ。それでみんなで雪山を作って遊んでな。そりゃあもう楽しかったもんよ」

「いい思い出なんですね」

勘一が頷きました。

「とんと忘れちまっていたんだが、かんなや鈴花を見ていたらひょいと思い出してな。二人を乗せてあげりゃあ喜ぶだろうなぁってな」

でもわざわざそんな旧式のソリを買うより、今の新しいのを買って雪山にでも連れて行ってあげたほうがいいと思いますけどね。

「雪、降ればいいですね」

にっこり笑ってすずみさんが言います。

「おう、しかし降ってからじゃあ遅いからな。こいつなんか安くて手頃じゃねぇか。ちょいと青と紺と相談してよ、手配してくれや」

「はい、わかりました」

すずみさん、既にお母さんもお父さんも、そしておばあちゃんおじいちゃんもいないのですよね。親戚に叔母《おば》さんがいらっしゃいますが、親しい身内というのはその方ぐらいです。

そのせいなのでしょうかね、勘一や我南人のことを本当の祖父、父のように思って慕ってくれます。できればわたしがおばあさん役をやってあげたかったと思いますが、そうはいきません。年齢的にはかずみちゃんがそうでしょうかね。もちろん、仲良くやってくれています。いつも笑顔で元気に飛び回って、家の中を明るくしてくれているすずみさん。本当にありがたいですね。

「ただいまー」

友達の家へ遊びに行っていた研人が帰ってきました。この子は相変わらず冬になっても薄着ですね。パーカー一枚で外を歩いて寒くないのでしょうか。そういえば、随分と髪が伸びました。この頃は亜美さんが床屋に行く？　と訊いてもまだいいと伸ばしているのですよ。

「お帰り。ご飯食べる？」

「うん。食べてまた行く」

声を聞きつけたのか、亜美さんが隣から「手を洗ってねー」と研人に言いました。

「亜美さん、私やりますよ」

「ごめんねー、お願い」

すずみさんが研人のご飯の準備をしに台所へ行き、研人は居間に上がろうとしたところで、勘一の方を見ました。

「ねぇ、大じいちゃん」

「おうよ」

「大じいちゃんは、どっこも悪いところないよね、顔以外で」

勘一がぽかりと殴る仕草をしてから笑います。

「健康診断じゃあ、何にもなかったな。なんだいきなり」

「いや、友達のおじいちゃんが入院しちゃったから」

そうか、と頷きます。

「安心しろ、俺も我南人も当分ぴんぴんしてっから」

ニッコリ笑って、家の中へ入っていきました。あれですね、研人も六年生になって少し大人びてきましたよ。子供から少年に変わったとでも言えばいいでしょうか。身体も大きくなってきて、もう子供扱いもできませんよ。

紺が店に来ました。

「じいちゃん、交代しようか」

「おう、書き物はいいのか」

「大丈夫。鈴花とかんなを見ててよ」

よしわかった、と嬉しそうに立ち上がります。紺が入れ違いに座ろうとしたのですが、何かを見つけて声を上げました。

「あれ？」

棚から本を取り出します。あぁその本はあれですね、百々先生の忘れ物です。まだあったんですか？

「これは持ち込み？」

訊くと、勘一がぺしんとおでこを叩きます。

「うっかりしてたな。すずみちゃんから聞いてねぇか」

「なにも？」

自分の名前を呼ばれたと思ったのか、すずみさんが顔をのぞかせて、声を上げます。

「あー、ごめんなさい！　百々先生が忘れていったんですよ。すっかりお義兄さんに伝えるのを忘れてました！」

すずみさんもお母さん業とお店の両方で忙しいですから、そういうこともあります。紺が、少し驚いたように眼を細めました。

「百々先生？　店に来たの？」

勘一とすずみさんは二人で同時に頷きます。

「いつだった、一昨日《おととい》か？　三日前か？」

「そうですね」

「何をしに？」

何でしょう、紺の顔が険しくなっていますね。勘一もその様子に気づいたのか、小首を傾げました。

「おめぇに用事があったらしいがな」

蔵書を一時保管する場所がないというので、〈東雲文庫〉を紹介したという話をします。

「もう運び込んだんじゃねぇかな、昨日拓郎からさっそく電話があったから」

そのときに、その本を忘れていったと言うと、紺は本をまじまじと眺めます。口を窄《すぼ》めて、何かを考えています。

「じいちゃん」

「おう」

「ごめん、ちょっと〈東雲文庫〉行ってくる」

紺は本を持ったまま家の中へ入って行きました。

「おい！」

「夜には帰ってくるから！」

声がもう遠くから飛んできましたね。勘一とすずみさんはお互いに眉間《みけん》に皺《しわ》を寄せて顔を見合わせます。

「何か、マズかったですかね？」

「さてなぁ」

おい亜美ちゃん、と勘一が呼んで、亜美さんが隣からやってきます。

「何ですか？」

「あのよ、紺の先生のよ、百々さんって知ってるかよ」

亜美さん、こくんと頷きます。

「大学の恩師ですよね。お会いしたことはないですけど」

「なんかどうしたこうしたって聞いたことねぇか」

どうしたこうしたではさっぱりわかりませんが、慣れたもので亜美さん少し考えます。

「特には。あ、でも」

「なんでぇ」

「毎年年賀状書くときに、いっつもためらってますね」

あら、そうなんですか。

「本当に毎年なので覚えてますよ。一言書き添えるときに、いつもあの人悩むんですよね。お世話になった先生なのでカッコいいことを書こうとしてるんだろうなって思ってたんですけど」

　すずみさんと勘一の様子を見て、亜美さん、眼を細めました。

「百々先生が、どうかしたんですか？」

　どうしたのでしょうね。ちょっとわたしは一緒に出掛けて様子を見てきましょうか。

＊

　静岡は新幹線でほんの一時間ほどなのに、なかなか出掛ける機会はありません。そもそも拓郎くんもセリちゃんも滅多に我が家にはやってきません。

　それというのも、〈東雲文庫〉を設立した際の、勘一と東雲さんのちょっとした行き違いが原因です。まぁ大したことではないのですが、二人とも妙にそういうところは気にします。もちろんお互いに休みのない商売をやっているせいもあるのですが。

拓郎くんとセリちゃんがいた頃は、紺は小学生から中学生ぐらいでしたっけね。二人とも良きお兄さんお姉さんとして接してくれました。

この夏に来たばかりの〈東雲文庫〉。紺が扉を開けて入っていくと、さっそく拓郎くんの巨体が出迎えてくれました。先ほど駅に着いたときに電話しておきましたからね。

「よぉ、若旦那」

紺が苦笑いします。拓郎くんは紺のことをときどきそう呼びます。

「ごめんね、忙しいところ」

「なんのなんの。さっそく見に行くか？」

二人で廊下の奥へ向かいます。倉庫代わりにしている部屋は一番奥です。

「セリちゃんは？」

「ちょっと用足しに出掛けてる」

古くて重そうな木の扉を開けると、ぷんと古書の匂《にお》いが漂ってきます。慣れない方にはただ古臭いだけの匂いかもしれませんが、わたしたちにとっては日常であり、かつ心弾む匂いです。

「その奥だな、百々先生から預かったのは」

スチール製の本棚が並ぶ中、拓郎くんが示したところにずらりと古書が並びます。

「先生、何か言ってた？　いつ取りに来るとか、どうしてここに置かせてもらうかとか」

拓郎くん、肩を竦《すく》めました。

「こっちは親父《おやじ》さんに頼まれた件だからさ、特に根掘り葉掘りは訊かなかったが、とりあえずは一年ほどお願いしますって話だったぜ」

「一年」

紺が首を捻ります。本を一冊一冊、傷めないように気をつけながら見ていきます。拓郎くんは、じっとその様子を見ています。

「何か、問題でもあるのか」

「いや」

紺が少し首を振ります。

「いやってことはないだろう。恩師が本を預けたってぐらいで慌ててそれを見に来たんだ。なんかあるんだろうよ」

「うん」

曖昧《あいまい》に紺は頷きます。確かにそうですよね。何かがなければこんな真似《まね》はしないと思うのですが。

拓郎くんは小さく溜息《ためいき》をつきます。

「まぁいいさ。で？　どうなんだ。何か置いといたらまずいものでもあったか」

「いや、そんなことはないんだけどさ」

紺が手にしていた本を棚に戻しました。

「拓郎さん」

「おう」

「確か、拓郎さんの同級生で、K大の教授が居たよね」

「いるな」

K大は、紺の働いていた大学です。ということはもちろん百々先生のおられるところです。

「内密で確認してほしいことがあるんだけど、お願いできるかな。もちろんおかしなことじゃない。そこの大学関係者ならたぶん誰でも知ってることを電話で訊いてほしいんだ」

紺の顔が真剣です。

「何も訊かずに、お願いだけ聞いてほしいか」

「うん」

にやりと笑って紺の肩を叩きました。

「しょうがないな。いいぞ、何を訊けばいいんだ」

さてこれはなんでしょう。

＊

結局その拓郎くんの同級生の教授さんが講義中で、紺は後から携帯に電話を貰《もら》うということにして、帰ることになりました。帰り道も一緒に動く必要はありませんから、わたしは先に帰ってきたのですが、紺はそれからどこかへ寄ったらしく、帰ってきたときにはちょうど晩ご飯の時間になっていましたよ。

何が何やらさっぱりわからずに終わってしまいましたが、どうなったのでしょうね。

「ぱぱー」

かんなちゃんが大喜びで寄ってきます。紺がお父さんの顔になって抱き上げました。本当にちょうど良くこれから晩ご飯だったのですね。我南人も座って新聞を読んでいます。

鈴花ちゃんと遊んでいた勘一が紺を見ました。

「拓郎は元気だったか」

「うん」

「さ、ご飯食べますよー」

藍子の声が聞こえます。今日はカレーライスですか。ルーの色合いでわかりますが、かずみちゃんが作ったのですね。

カレーというのは本当にその人の個性が出ますよね。かずみちゃんの作るカレーは豚肉を使って、どこか昔懐かしい風味のカレーです。初めて食べたときにマードックさんは本当に美味しいと感嘆していましたが、研人にはいまいちだったようです。

かんなちゃんと鈴花ちゃんには、カレーにする前の野菜と肉でシチューが用意されていました。幸い我が家の人間は誰も食べ物のアレルギーはありません。かんなちゃんと鈴花ちゃんも今のところは大丈夫なようです。

それぞれに好きな量のご飯に好きなだけカレーをかけて、ポテトサラダにキャベツの千切り、パプリカと人参《にんじん》とたまねぎとマカロニが入った野菜たっぷりのミネストローネも用意されて、皆で「いただきます」です。

「それで？」

勘一が紺に訊きました。

「何があったんでぇ」

「うん」

紺がカレーを食べながら頷きます。

「まぁ食べながら話すことじゃないから後で」

そうですか。勘一もすずみさんも亜美さんも頷きました。研人がクリスマスにはまたマードックさんが何か作るのかと訊いてから、クリスマスパーティの話題が中心になります。

「来年はさ、イギリスのマードックさんの家へ行ってパーティしたいな」

「あぁ、いいですね、それ。ぜひやりましょう」

「楽しそう！　行きたぃ！」

「あみさんは、England は、よくいってたのでしょ」

「何度かはね。でも空港とホテルの往復ばっかりよ」

かんなちゃんと鈴花ちゃんは皆の顔をきょろきょろと見ながら、とてもよくお喋《しゃべ》りします。居間にテレビがないものですから、自然と会話が活発になりますね。まぁ単純にテレビを置くスペースがないというだけなのですが。青などは壁掛けテレビにして天井から吊《つ》るせばいいなどと言ってますが、皆で見上げるというのは変ですよね。

「まぁ一年に一回ぐれぇ、店閉めて皆で旅行ってのもいいか」

勘一が言いますけど、この人数で海外旅行は費用も大変ですよ。どうせなら、かんなちゃんと鈴花ちゃんがもう少し大きくなってからの方がいいでしょうね。

晩ご飯も終わり、二階の廊下からテレビの音が聞こえてきます。研人と花陽が観ているのですね。かんなちゃんと鈴花ちゃんは紺と亜美さんの部屋で眠っています。二人ともとてもよく眠る子でして、むずかって夜中に起きることはほとんどありません。とても親孝行で助かります。

居間では大人たちがお茶を飲んでいます。もちろん、かんなちゃん鈴花ちゃんが泣き出したりしたら、すぐに花陽と研人が知らせてくれます。

紺が一息ついて、話し始めました。

「百々先生、とても素晴らしい先生なんだ。日本の古典、特に『源氏物語』の研究に関してはは若手のナンバーワンとも言われている」

皆が、うん、と頷きます。

「若手といっても、百々先生はもう四十八だけどね」

「教授は年齢層高いですからね」

すずみさんがちょっと笑います。そうですよ、亡くなられたすずみさんのお父さん、つまり花陽のお父さんだって大学で国文学の教授さんでした。すずみさんだって大学で日本文学を学んだ身です。

「随分と良くしてくれたよな」

勘一です。

「在学中からおめぇに眼をかけてくれて、卒業してから助手や講師に取り立ててくれて、なぁ」

うん、と紺が頷きます。そうでしたね。

「尊敬していたよ。本当に素晴らしい先生だった。権威におもねることなく、かといって珍奇な革新に走ることもなく、『すべての真実は資料にある』と言って、基礎研究を地道に重ねてさ、自分の研究に誇りを持って、情熱を傾けていた」

いいことですね。素人《しろうと》が聞いてもそう思います。

「そして、その感覚が抜群だったんだ。誰もが見過ごすような点にふいに気づいて、そこからまるでオーケストラのような複雑さで論を展開する。まさに天才だと僕は思っていた。実際」

紺が苦笑しました。

「講師を辞めてもあまり後悔しなかったのは、その分野ではあの人に絶対敵《かな》わないって思いがあったからさ。追いかけても決して届かないっていうのが、わかってしまったって感じ。情けない話だけどさ」

「それをぉ」

我南人です。

「天才との距離をぉ、肌で感じ取れるというのもぉ、また天分だねぇ。普通の人間にはそこがわからないいんだぁ。だから君もまたぁ、才能を持ってるってことさぁ。そんなとこで卑下することないねぇ」

我南人の言葉に、紺が笑って頷きました。あれですね、分野こそ違え本物の才能に接する我南人だからこその言葉なのでしょうね。息子にとってはありがたい父親の思いではないでしょうか。

勘一がうむ、と大きく頷きます。赤ちゃんや子供がいないので、灰皿を座卓の上に置いて煙草に火を点けました。

「そこはよっくわかった」

紺も微笑みます。

「その百々先生が、自分の蔵書の保管場所がなくなるって言ったんだよね？」

「そうだな」

「有り得ないんだ。先生は実家住まいで、家の中は蔵書だらけさ。行ったことあるからよく知ってる」

ふむ、と皆が頷いた後に、藍子が言いました。

「でも、失礼だけど、たとえば何か借金を重ねて、その家が抵当に取られるなんてことも考えられるわよね」

「まぁ確かに可能性としてはあるけど、そもそも裕福な家庭でさ、お祖父《じい》さんの代から土地持ちで、マンションを三つ持っているんだ。そこの家賃収入だけでも一生食べていけるぐらいなんだよ。独り身だしね」

「うらやましいねそれは」

青が言います。人のことをうらやんでもしょうがありませんよ。

「なにより、あの人が、あの研究しか頭にない人が、自分の蔵書を傍《そば》から遠ざけることなんか有り得ない。〈東雲文庫〉に行って見てきたけど、僕も何度もうらやましいと思った数々の研究資料がごっそりあったよ。それはまるで」

言葉を切った紺に、亜美さんが言います。

「身辺整理してるみたいってこと?」

紺が頷きました。

「そう思って、何かあったんじゃないかって大学に確認してもらったんだ。ほら、拓郎さんの同級生でK大の教授がいたじゃない」

「おお」

勘一がポンと座卓を叩きました。藍子が皆にお茶を淹《い》れ直しています。

「いたな。覚えてるぞ」

「あの人に電話で訊いたんだ。たとえば百々先生は何らかの理由で大学を追われようとしているんじゃないかって。そうしたらさ」

「うん」

「今度、教授になるんだって」

「あ?」

あら、そうなんですか。それはおめでたいことですね。「K大では異例のことだってさ。あの若さで教授になれるのは
「じゃあ」

亜美さんです。

「え？ 蔵書を増やすことはあっても、どこかへ整理する必要なんかないわよね。引っ越しでもするってこと？」

「引っ越しに一年も掛からないよね」

「一年？」

そうでした、そう言っていましたね。

「百々先生、拓郎さんに預かってほしい期間は、一年ぐらいになるかもしれないって言ってたらしい。ますます有り得ないだろう？」

うーむと皆が頷きます。

「それでさ、その拓郎さんの同級生の教授は、オフレコだけどって教えてくれたんだ」

「なにをよ」

「百々先生、教授昇格を待ってくれって渋っているんだって。自分はその職にふさわしくないって」

勘一の眉がぴくりと動きました。

「そこか」

　藍子の淹れたお茶を、ずずっと啜ります。

「まったくおめぇの話はまわりくどくっていけねぇ。おめぇのひいじいさんそっくりだ。百々先生がそういうふうに思ってるってところが、おめぇが大学講師を辞めたって理由に繋がってるって話かよ」

　皆の眼が少し大きくなりました。藍子が訊きます。

「そうなの？　紺ちゃん」

　紺が苦笑して頷きました。

「さすがじいちゃん。そうなんだ」

　小さく溜息をついて、続けます。

「百々先生、研究熱心だった。とにかく凄《すご》い人だった。何よりも基礎資料というものを大事にする人だったから、ある日思ったんだね。まったく同じものを作ってみることで、それを書いた人物の心持ちを知ることはできないかって」

　皆が首を捻ります。

「要するに偽書を作ってしまったんだ。『源氏物語』の写本のね。調べられる限りの資料で、当時と同じような技法で紙から漉《す》いて、まったく同じようなものを。しかも、今まで未発見のものを」

すずみさんは、少し考えてから言いました。

「あれですか、たとえばこないだ発見された、『源氏物語』幻の写本と言われる『大沢家本』みたいなものですか」

紺が頷きます。さすがすずみさん、詳しいですね。

「それ自体は別に問題ない。何もかも自分の手作りで、あくまでも研究のためのものだったからね。自分で保管している分には道義的にも責められるものじゃない」

「そうさな」

勘一も頷きます。

「でも、それが手違いで、他の人の手に渡ってしまったんだ。もちろん百々先生が作ったものだとは知られないままに」

青が顔を顰めました。

「世紀の大発見だと大騒ぎになった。幸いだったのは、それが別の大学の関係者で、それ以上広まることはなかったんだ。出所がはっきりしなかったので偽物かもしれない、きちんと精査してから公表しようとなったので」

「不幸中の幸いってやつだな」

「ってことはさ、兄貴」

青です。

「わかったよ、最終的にその偽書を作ったのは兄貴ってことになったんだ。それは、兄貴が百々先生をかばうためにそうしたんだ」

まぁ、そういうことだったんですか。紺は頷いて続けました。

「もちろん百々先生はそれは自分で作ったものだと言うつもりだったよ。でも、すごく間が悪くてさ、その頃はあちこちで大学教授や研究者の捏造《ねつぞう》事件とかが多発してたんだ。大学の各研究者たちが戦々恐々としていた。百々先生がいくら個人的な趣味で作ったと主張しても、それを本物だとして自分の地位を高めようとしたんじゃないかと誤解される。もしそれがマスコミにばれたら」

「先生はクビだね。間違いなく」

青が言って、皆も頷きます。

「僕は、先生がそんなことになるのに耐えられなかった。先生は、大学で研究を続けるべき人だった。やがて日本でも第一人者になって素晴らしい業績を残すと確信していたんだ。だから」

「僕が作りましたってことにしたんだな？　百々先生を説得して、自分が大学を辞めればそれで済むことだって」

勘一です。

「そりゃあ、周りも納得するだろうよ。おめぇはここの息子だ。古書の修復から何から何まで昔っから仕込まれてたって事実もあるんだ。それだけの偽書を作れてもあたりまえだってな」

　確かにそうですね。むしろ紺を知っている人だったら、誰もがそう思うのではないでしょうか。紺は続けました。

「さっき、〈東雲文庫〉の帰りに百々先生に会ってきたんだ。何故、教授になるのを躊躇《ちゅう》躇《ちょ》しているんですかって。蔵書を全部預けたのはどういう意味ですかって。そうしたら」

「どうせよ」

　勘一です。

「こういうこったろ。一人の若者の未来を潰した自分が教授になるなんてとんでもないことだ。昔の罪を告白して、すべてをおめぇに託したいとか、そういうこったろう」

　紺が眼を大きくして、それから苦笑いしました。

「お見通しだね」

「わからいでか。なぁすずみちゃん」

　あら、すずみさんも頷きました。

「変に思っていたんですよ。百々先生、お義兄さんを訪ねてきたのに、いきなりこの本は幾らするかなんて訊いたし、しかもその本しっかり梱包《こんぽう》してあってとても売るために持ってきたとは思えなくて」

「おまけによ、こっちが〈東雲文庫〉の話をして、そこがうちとも親戚みてぇなもんだと言ったら途端にホッとしたような顔をしてよ。ようやく納得したぜ。最初《はな》っから、紺に全部蔵書を譲る気で、そういう話をしに来たんだけど、内心、正攻法では紺が納得するはずないとも思っていたんだろうさ」

亜美さんが、ふぅ、と溜息をつきました。あぁ、わかりますね。亜美さんは苦笑いしています。

「やっとすっきりした」

藍子が微笑んで、そっと亜美さんの手の甲に自分の手を重ねます。

「ごめん」

それを見た紺が、小さく呟きました。かずみちゃんがぽかんと紺の頭を叩きましたよ。

「ほら、これでいいでしょ亜美ちゃん」

亜美さん、少し瞳を潤ませて笑って頷きます。

「まったくここの男どもはどいつもこいつも身勝手でどうしようもないよ勘一ぃ」

そう言って笑うかずみちゃんに勘一が苦笑いして首筋をぼりぼり掻《か》きました。

きっと当時、大学講師を辞めるときに夫婦の間でもいろいろ話があったのでしょう。

紺が誰にも言わなかったのは、全て百々先生に大学で研究を続けてほしいがためだったのですね。亜美さんも、打ち明けてくれない夫に歯がゆい思いをしたことでしょう。ごめんなさいね。

「あのさぁあ」

我南人です。また唐突に大きな声を。

「なんでぇいきなり」

「百々先生、結局まだぁ大学に全部打ち明けるつもりなんだろうねぇ？」

紺が頷きます。

「まだ任期があるし、今騒いでも学生に迷惑を掛けるから春まで待つつもりではいるけど、僕がいくら辞めないでくれと言っても」

首を縦に振らないのですね。

「じゃあねぇ、パーティに呼ぶといいよぉ。百々先生」

「あ？」

「え？」

全員の頭の上にクエスチョンマークが浮かぶのが見えたような気がしましたよ。いったい何を言い出すんですかこの子は。

「なんで？」

青が訊くと、我南人はにっこり笑います。

「楽しいことをしてぇ、良い気分になろうよぉ。みんなでぇえ」

訊いた自分がバカだったと青が頭を振ります。何にも言いませんからねこの男も。ただ、そんなことを言うからには、何か考えはあるのでしょう。

紺が素直に頷きました。

「呼べばいいんだね？」

「無理やりにでもねぇ、引っ張ってきてねぇ」

三

そうして、十二月二十四日。

パーティがあるとは言っても普通の日です。我が家の年末年始の営業は、暮れは二十八日まで。三十一日まではしっかりと大掃除をして、大晦日《おおみそか》は皆でゆっくり過ごします。明けてお正月の三が日もしっかりと休み、四日か五日、その年の状況に応じて店を開けることになります。

我が家にはお嫁さんが二人いるのですが、亜美さんのご両親である脇坂さん宅は都内にありますし、ご夫妻もすっかり我が家に入り浸《いびた》っていますので里帰りということはしていません。一応、お正月に顔は出してそれで終わりのようです。すずみさんは、青と鈴花ちゃんと三人でお墓参りをして、一年の報告をします。なかなか旅行などもできない我が家ですが、たまにお正月に近場の温泉などで過ごすこともありますが、今年は行かないようですが、もう少しかんなちゃん鈴花ちゃんが大きくなるときっと勘一が言い出すでしょうね。

そして今日は学校の終業式。研人も花陽も成績表を持って帰ってきました。

花陽は英語が得意で、数学がちょっと苦手。研人は国語が得意です。それぞれにちょっと下がったり上がったりがあって、全体としては無難な線といったところでしょう。お母さんの藍子と亜美さんとしては、怒るところもなし、褒めるところもなしと、毎回コメントに困るところですね。それでも花陽は藤島さんに数学を教えてもらって、随分と成績が上がったんですよ。

「まぁこんなもんだろう」

成績表を見た勘一が、研人の頭を手でぐりぐりして笑います。亜美さんもちょっと息をついて肩を落とします。

「もうちょっと上がってくれてもいいと思うんだけどね。お母さんとしては」

「ちゃんとやってるよ。下がってないじゃん」

研人が口を尖《とが》らせました。

「心配ねぇって亜美ちゃん。こいつは十二分に出来が良い子だ。成績と頭の出来は別だ」

　そういうことですね。

「あれ？　大じいちゃんなにこれ」

　居間に駆け込んでいった研人が言います。そうそう、ネットで注文したソリがやってきたのですよ。木製で赤く塗られたところがあり、可愛らしい昔ながらのソリです。子供用に小さく作ってあって、居間に置いておくとさっそく鈴花ちゃんかんなちゃんの遊び道具になってました。

　勘一は雪が積もるのを心待ちにしているようですが、なかなか雪は降りません。でも、そもそもそんなに雪が降ってしまうと困る人たちがたくさんいますよね。鉄道も道路も大混乱ですよ。


　お昼を回った頃に、〈はる〉さんの真奈美さんとコウさんが二人でカフェにやってきましたよ。なんでも今年はお母さんの春美さんと一緒に三人で温泉に行き、そこでお正月を迎えるとか。

「後でお重を届けるからね」

「ごめんね、わざわざ」

　カウンターの中で藍子が答えます。パーティのために、わざわざコウさんが美味しいものを見繕《みつく》ろってお重を作ってくれるのだそうです。申し訳ないですね。今夜も〈はる〉さんは営業です。しかも予約で一杯だとか。真奈美さんが一人でやっていた頃は、よく我が家のパーティにも来てくれたのですが、ここのところはコウさんの評判も立ち、また、池沢さんや我南人の関係で、多くの渋めの芸能人の方が顔を出すのですよ。すっかり隠れた名店という感じです。

「藍子さん」

コウさんです。

「はい」

「我南人さんは、お元気ですかね。ここ何週間か、お見えになってないんで」

藍子がこくんと頷きました。

「元気ですよ。ピンピンしてます」

コウさん、にっこり笑いました。

「そりゃ良かった。いえ、実はね」

ちょっと家の中の方を見ましたよ。

「研人くんがですね」

「ええ」

「先日、道でばったり会ったときに立ち話をしたのですが、こう訊いたんですよ。『コウさん、大きな病気になったことある？』と」

「あら、研人が？」

コウさん、頷きます。

「まぁ幸い私は大病を患《わずら》ったことがないんで、素直にないなぁと答えたのですが、研人くんの訊き方が妙に真剣だったもんでね」

なるほど、勘一はしょっちゅう〈はる〉さんに顔を出していますけど、顔を見なかった我南人が心配になったということですか。

「なんで研人くんそんなこと訊いたのかしらね」

真奈美さんも不思議そうです。藍子も首を傾げました。

「そういえばねぇ真奈美ちゃん」

「うんうん」

「あの子、最近急に大人びてきたのよ」

あ！　と真奈美さんも頷きます。

「私も思ってた。いやぁ少年になってきたなぁって。イイ男になれよぉってなんか嬉しくて」

コウさんが苦笑いします。まぁ真奈美さんの気持ちはわかりますね。

「学校の帰りも遅くて、何か友達の家でやっているようなんだけど、隠しているっぽいのね」

「あら」

何やってるのかしらね、と首を捻る二人に、まぁまぁ、とコウさんが言います。

「あの頃の男の子にはいろいろあるんですよ。あんまり女の方が口を突っ込むと、反抗期を招きますよ」

「そんなもんですか？　私は伯母《おば》さんですけど」

「そんなもんです。あの研人くんなんだから悪いことをしてるわけじゃないでしょう」

それはそうですね。我南人もそんなものでしたよ。


その我南人ですが、今日のパーティに永坂さんや三鷹さんを呼んだのも、そして百々先生を呼んだのも我南人なのに、やはり朝からどこへ行ったのかわかりません。まぁやることはやるはずなので、そのうちに帰ってくるだろうと、少し早めですが五時には店を閉めて、皆でパーティの準備です。

今年も、イギリス生まれのマードックさんが、ローストチキンやミンスパイ、クリスマスプディングなどを作ってくれます。絵などを描いているというのは、手先が器用ということに繋がるのでしょうかね。マードックさんはお料理もかなり上手です。

これに和食がないと気が済まない勘一のために、お鮨《すし》やコウさんの作ってくれたお重などが加わって、和洋折衷の料理が座卓にずらりと並びます。

青が時計を見ました。

「そろそろ来るかな」

亜美さんが、うん、と頷きました。何せ、永坂さんには藤島さんと三鷹さんが来ることを、三鷹さんには永坂さんが来ることを伝えていません。あの二人ですから、怒って帰るようなことはないとは思いますが、少し気を使わなきゃいけませんね。

でも、きっと大丈夫ですよ。何せかんなちゃんと鈴花ちゃんがいますからね。この二人の笑顔の前では誰も深刻な顔などできません。

いちばん最初に現れたのはもちろん脇坂さんご夫妻です。それはもう亜美さんが頭を抱えるぐらい、たくさんの箱を持って、しかも脇坂さんはサンタさんの格好をしてやってきました。

これにはかんなちゃん、鈴花ちゃんも興味津々でした。なにせ、大好きなおじいちゃんが、不思議な格好をしてきているんですからね。最初はちょっと恥ずかしがっていましたが、すぐに帽子を引っ張ったりおひげを引っ張ったり大騒ぎです。

そこに、永坂さんが来てくれました。

「いらっしゃい」

藍子が迎えます。

「お招きありがとうございます」

永坂さん、ショートケーキを持ってきてくれました。もちろんケーキは作ってありますけど、小さいものだからいくつでも大丈夫だろうと。子供も多いし、女性陣も多いですから。

永坂さんが居間に上がって、かんなちゃんと鈴花ちゃんと遊び出しました。表情や態度を見ていますと、永坂さん子供好きのようです。ちょうどそこに、藤島さんと三鷹さんもお見えになりました。

玄関からの声を聞いて永坂さん、一瞬固まりましたが、藍子を見て小さく微笑みました。

「そんな気がしてました」

やっぱりそうですか。居間に顔を出した三鷹さんは、そこにいる永坂さんを見て、それから藤島さんを見ます。

「三鷹さん」

青が言いました。

「文句は親父に言ってね」

「我南人さん？」

三鷹さんが首を捻ります。青が頷きました。

「三人をここに呼べって言ったのは親父なんだ」

三鷹さん、くいっと肩を竦めて苦笑いします。

「まぁ、怒るようなことじゃないしな」

永坂さんの隣に腰掛けて、元気か？　と声を掛けます。永坂さんも微笑します。そうですよね。別に喧嘩《けんか》をしているわけではありませんから。

藤島さんもちょっとほっとしたふうに微笑みました。あぁ、玄関が開いて、紺が帰ってきましたね。紺は百々先生をお連れしたんです。仮にも恩師ですからね、呼びつけるわけにはいきません。

百々先生、少しためらいながらも居間に入ってきて、皆に紹介されています。藤島さんや三鷹さんと名刺も交換して、ちょっと驚いていました。藤島さんはＩＴ業界のハンサム社長としても有名ですからね。すぐにあれこれと世間話に花を咲かせています。

特に大げさに始めることもなく、大人たちはビールや、藤島さんが持ってきてくれたシャンパンで乾杯をして飲み始め、子供たちはジュースを飲み、美味しい料理に舌鼓を打ち始めます。

かんなちゃんと鈴花ちゃんがすぐにケーキを欲しがりましたので、まずはご飯を食べさせようと皆がよってたかってあやしたりなだめたりします。せっかく来ていただいたのだからと勘一が気を利かして、売り物の古本で申し訳ないですけど、お好きそうなものを見繕ってクリスマスプレゼントにしました。

藤島さん、百々先生は大喜びして恐縮していましたよ。

「にしても、我南人の野郎はなにをしてやがるんでぇ」

そう勘一がぶつぶつ言い始めたときです。がらりと縁側の戸が開いて、我南人の声が響きました。

「メリーぃ、クリスマスぅ！」

寒いじゃありませんか。風邪《かぜ》を引いたらどうするのですか。どうしてこの男は普通に玄関から入ってこられないのでしょうか。

真っ白いもこもこした毛糸の帽子に同じく真っ白い長いマフラー。さらには真っ赤なロングの革コートを着ていますが、これはひょっとしてサンタクロースのつもりなんでしょうか。皆が苦笑いするのにも平然とした様子で、のっそりと入ってきます。

それでも、あれですね、わたしにはわかりませんが、〈伝説のロッカー〉〈ゴッド・オブ・ロック〉などと皆様にもてはやされるからには、それなりのものを持っているのでしょう。家族以外の皆さんは、我南人がその場に現れるとどことなく嬉しそうですし、場の空気も盛り上がります。

「みんなぁ、食べているぅ？　飲んでいるぅ？」

「言われなくたってそうしてるぜ」

勘一が顰め面をして、皆が笑います。かんなちゃん鈴花ちゃんも「じぃー」と寄って行きます。

「はい、二人にプレゼントぉ」

なにやら白い袋を担いでいると思ったら、そこから取り出したのは、どこで買ってきたのでしょう。昔懐かしい感じのする、大きな赤い長靴の形をしたものを二人に渡します。中にはたくさんのお菓子が詰まっています。二人が嬉しそうに持っています。

「花陽ぉ」

「なに？」

我南人の変な登場の仕方にも、いつものことと我関せずにすずみさんや永坂さんたちとあれこれ話していた花陽。急に呼ばれて振り向きました。

「はい、これプレゼントぉ」

「え、ありがとう！　おじいちゃん」

あら珍しい。いつもクリスマスにプレゼントなど用意せず、とんでもない頃に持ってきたりしますよね。花陽が渡されたのは、それはバーバリーのマフラーではありませんかね。

「イギリスのぉ、友達が送ってくれたんだぁ。それ、アンティークだよぉ。何十年も前のものだってさぁあ」

「へぇー、すごい！　ありがとう！」

すずみさんや藍子、亜美さん永坂さんかずみちゃんの女性陣が興味津々でマフラーを眺めています。きっとかなり良いものなのではありませんか。

「研人にはぁ、あとでぇ、あげるねぇ」

研人がへー、と頷き、我南人はそこでひょいと座卓の前に座り込み、百々先生に向かいます。

「先生ぇ」

「はい」

「ご無沙汰《ぶさた》していましたねぇ」

いいえ、こちらこそ、と先生は戸惑ったように頭を下げます。先生のような方には、我南人みたいな男は慣れないでしょうね。

「先生にもぉ、プレゼントがあるんですよぉお」

「え？　私にですか」

百々先生、眼を丸くします。我南人が白い袋から出したのは、何やら立派な桐箱です。

あら、それは。

勘一が思わず背筋を伸ばしました。紺も眼を丸くします。青とすずみさんも、ええ？という顔をしましたよ。我南人は料理の皿を片づけてから、大事そうにそれを座卓の上に置きました。他の皆も何が出てきたのかと見つめます。

「親父」

紺が言うと、我南人はにっこりと笑います。勘一が渋面を作って、頭をがりがりと掻きました。

「ったく、それを出してくるたぁよぉ」

勘一、はぁぁ、と思いっきり大きな溜息をつきましたよ。我南人と紺と百々先生の顔を順番に眺め、パン！　と自分の腿《もも》を叩きました。

「しょうがねぇなぁ。まぁ可愛い孫のためだ。もってけドロボーってやつだな」

勘一があきらめたように笑いました。さて、我が家の蔵の中にあったものだというのはわかりますけど、何が入っていましたっけ。

「紺ぅ、先生に説明してあげてぇえ」

我南人に言われて、紺が頷きました。

「先生」

百々先生、紺を見ました。

「これは、あそこの蔵に眠っていたものです」

「そうなのか」

紺は、ゆっくりと頷き、続けます。

「紫式部の『源氏物語』、自筆の清書本の一部です」

紺の言葉に、百々先生、眼を丸くしました。それから飛び上がらんばかりに驚いて、腰を浮かせました。

「まさか！」

紺が、桐箱の蓋《ふた》をそっと開けました。そこには紫色の布に包まれたものがあります。百々先生、じっと見つめています。紺が布をそっと開くと、そこには相当に年代の経った、墨で文字が書かれた和紙がありました。

「学界では、そもそもあるはずがないと言われています」

紺が続けました。百々先生、頷きながらも、その文書から眼が離せません。息が少し荒くなっています。

「でも、我が家にはこうして昔から伝わっていました」

「俺のねぇ、じいさんの代からですよ先生。紺のひいひいじいさんですなぁ」

わたしにとっては、義理の祖父になります。残念ながらお会いしたことはありませんが。〈東京バンドワゴン〉初代、堀田達吉ですね。

「もちろん、本物かどうかはわかりません。僕も何度か見たことはありますが、鑑定できるはずもありません。なによりこれは門外不出のものとして、こうして日の目を見たのは百二十年ぶりぐらいのはずです」

気のせいでしょうか、百々先生の身体が震えています。

「紺くん」

「はい」

ようやくといった感じで、百々先生が声を絞り出しています。

「私はね、今まで多くの資料と向きあってきた。偽物も、取るに足らないものも、そして本物も多く見てきた」

「はい」

これは、と、唸るようにして百々先生は言います。

「私の中の、何かが、こうして身体を震えさせている。研究者として迂闊《うかつ》なことは言えないが、これは」

これは、と、また呟きます。唇が乾いたかのように舌で湿らせました。何かを感じさせるものなのでしょう。この文書は。

「先生」

紺が、優しく言いました。そこでようやく先生、顔を上げて紺を見ました。

「これを、持っていってください」

「なんだって？」

「大学に持ち帰り、研究してください。本物かどうかを、とことん調べ上げてください。

それができるのはこの日本で先生だけだと、僕は思っています」

そう言って紺は、桐箱をそっと先生の方へ押し出します。じっと話を聞いている周りの皆は、かんなちゃん鈴花ちゃんがものを投げたりしないかと完璧《かんぺき》にガードしていますよ。汚したりしたら大変ですからね。

先生が、震える手を文書へ伸ばしましたが、思い直したように手を止めて、座り直しました。大きく溜息をつきます。

「ずっと、後悔していました」

誰にともなく言います。

「私を慕い、尊敬してくれていた若者の未来を、私の過失で閉ざしてしまったことを。いくら本人がそれを望んだとはいえ、それに甘えてしまった自分を」

頭を下げ、取り出したハンケチで額の辺り、そして眼の辺りを拭《ぬぐ》います。

「教授になれと言われ、その悔いを思い出しました。私はそれにふさわしい人間なのかと。私に研究を続け、若い学問の徒に教える資格などあるのかと」

「あるんですよ、先生」

勘一です。

「我が家の家訓にですな、〈本は収まるところに収まる〉ってもんがあるんですよ。まぁ親父が捻くり出したもんですけどね。俺もそう思いますよ」

お猪口《ちょこ》に入っていた日本酒を、くいっと勘一は空けます。

「こうして門外不出だったもんが、久しぶりに持ち出されたんだ。あんたがいたからこそでしょうよ。先生と紺が出会ったのも、先生が偽書を作ったのも、ドジったのを紺がかばったのも、全部こうして我南人がこいつを引っ張り出してくるための、あんたのところに収まるためのものだったんじゃないですかね。こいつが先生のところに収まるために、今までの出来事があったんじゃねぇんですかい？　俺はそう思いますぜ」

そうなのでしょうね。紺が微笑んで頷きました。

お父さんをじっと見ていたかんなちゃんが、真似して大きく頷いて「はい！」と手を上げ叫びました。皆が大笑いします。

「どうぞ、持っていってください。そして、大学で研究を続けてください。その結果が公表されるのを僕はここで心待ちにしています」

百々先生、がくん、と頭《こうべ》を垂れました。あぁ、涙が溢《あふ》れてしまったようです。紺に向きあい、手を握りました。

「ありがとう」

ありがとう、と小さく呟きます。亜美さんもすずみさんももらい泣きしてしまったようですね。

「研人ぉ」

我南人に呼ばれた研人、きょとんとして返事をします。

「なに？　おじいちゃん」

「僕の部屋のぉ、黒と白のストラトキャスター、知ってるよねぇ」

「うん」

「あれを持ってきてぇ」

わけがわからずも、研人が二階から慌ててギターと小さなアンプを持ってきました。ちゃんと知ってるんですね。エレキギターはアンプがないと始まらないってことを。

「研人ぉ」

「うん」

「このギター、プレゼントにあげるよおぉ」

ギターを抱え、立ち上がって我南人は言いました。

「いいの？　それすっごい貴重なモデルだよ？」

あら、そんなことも知ってるのですか。いつの間に覚えたんでしょうね。我南人がアンプのスイッチを入れて、ギターを軽く鳴らします。もちろん音は抑え気味です。ちょうど良く聞こえます。

「三鷹くんぅ」

「はい」

やはり急に名前を呼ばれて、三鷹さんちょっと驚きます。

「永坂ちゃんぅ」

「はい」

「それからねぇ、みんなぁ、みんなだよぉ」

なんでしょう、ぐるりと見回します。

「僕ねぇ、手術するんだぁ」

手術ですか？　皆がのけぞったり前のめりになって我南人を見ました。

「手術って」

「え、どうしたの！」

「お父さん」

藍子です。かずみちゃんも眼を丸くしました。

「甲状腺《こうじょうせん》ってもんがぁ、ちょっとまずくてねぇ。手術しなきゃならないんだぁ。かずみちゃんならわかると思うけどぉ」

「まさか我南人ちゃん、声が」

かずみちゃんが言って、我南人が頷きます。あら、研人はまったく驚きませんで頷いています。この子は知っていたのでしょうか。

「下手したらぁ、声が出なくなるかもしれないんだぁ。もうぉ、歌が唄えなくなっちゃうかもねぇ。ロックンロールがさぁ、できなくなっちゃうかもしれないんだぁ」

どうして誰にも何にも言わないのでしょうか、そんな大事なことを。

「このまま放っておいてもぉ、下手したら死んじゃって唄えなくなるぅ。手術しても唄えなくなるぅ。どっちにしても唄えなくなるかもしれないんだけどぉ、放っておいたら死んじゃうからねぇ。だから、後悔しないように手術することにしたんだぁ」

我南人は、三鷹さんたちの方を見ました。

「三鷹くんぅ、永坂ちゃあん」

「はい」

「前向きのぉ、前のめりの失敗はぁ、絶対に後悔なんか連れて来ないんだねぇ。生きてるうちにできることをやってみなきゃあ、それが良かったかも悪かったかもわからないんだよぉ。僕はねぇ、まだまだみんなと一緒に生きてぇ、LOVEを感じていたいんだぁ。みんなが僕にくれるたくさんの、ロックンロールをねぇ」

そう言って、我南人はギターを弾き始めました。この曲はわたしも知ってますよ。クリスマスに我南人がよく皆に唄っていました。ジョン・レノンさんの〈ハッピー・クリスマス〉ですね。

我南人が、声を張り上げて唄います。

皆がそれを、複雑な表情で聴いています。

それはもう商売ですから、上手です。わたしも生前から聴きほれるほど味のある声をしています。この声が出なくなるというのですか。歌が聴けなくなるというのですか。それはどんなに我南人にとっても、我南人を好きでいてくれる人にとっても悲しいことでしょう。

かんなちゃんと鈴花ちゃんが、おじいちゃんである我南人の足につかまって、何かダンスを踊るように足を動かしています。

我南人がにこにこしながら、かんなちゃん鈴花ちゃんを引き連れてゆっくり歩きながら、歌を唄います。

朗々と、高らかに。

「ひょっとしたらぁ、最後のみんなへのぉ、クリスマスソングだねぇ」

唄い終わり、ギターの響きがゆっくりと消えるのに重ねて我南人が言いました。

「でもねぇ、三鷹くんぅ、永坂ちゃぁあん」

お二人が、しっかりと我南人を見つめて頷きました。

「僕はぁ、あがくよぉ。あがいてあがいてあがきまくるねぇ。声が出なくなってもぉ、LOVEを信じて、あがき続けるねぇ。またみんなの前で唄うためにぃ、LOVEを届けるためにさぁ。大切な人たちにねぇ」

＊

クリスマスが、たくさんの驚きとともに終わっていきます。お客様が帰って、後片づけが終わって、家の中には静かな時間が戻ってきました。

あらっ、雪ですね。

びっくりです。外ではちらほらと雪が舞っています。

勘一が願うほどには積もりはしないでしょうけど、聖夜を楽しむ皆さんには何よりの贈り物ではないでしょうか。

紺が仏壇の前に座りました。

「ばあちゃん」

「はい、お疲れさま」

「親父にも困ったものだね」

「性分なんだね。詳しいことは聞いたのかい？」

「まぁ後日、藍子と一緒に病院に行ってくるよ。かずみちゃんの話では、命に関わる話ではあるけれども、早いうちに手術すればたぶん大丈夫だろうって」

「そうかい。でも、声が」

「うん。それは、神様に祈るしかないかな」

「そうなのかい」

「言ってたよ。どうせいつ死ぬかわからないんだから、めそめそしてもしょうがないねぇって」

「確かにそうだね。大丈夫ですよあの子なら。地獄の閻魔《えんま》様も来ないでくれって遠慮するから」

「そうかもね」

「百々先生はいいとしても、永坂さんと三鷹さんはどうなるかねぇ」

「どうかな。親父の言いたかったことはわかったけど、こればっかりはね」

「気持ちの問題だからねぇ。まぁでも、びっくりしたけど、楽しい夜だったね。かんなちゃんも鈴花ちゃんも大喜びだったし」

「うん。良かったよ。あ、終わりかな？」

紺が頷いて、おりんを鳴らします。はい、今日もご苦労様でした。

まったく我が子ながら我南人には驚かされます。けれども、ずっと好き勝手にやってきましたからね。本人も満足しているのでしょう。これからどんなことになるのかはわかりませんが、本人が納得していればそれでいいと思います。

我南人には家族がいますからね。皆が心配して、支えてくれます。支えてくれる人のことを、しっかりと考えて動いていけば、おのずと道は開けてくると思いますよ。

春　オール・マイ・ラビング

一

三月は弥生《やよい》、と言いますね。わたしはこの言葉の響きがとても好きなんですよ。女学校時代のお友だちにそういう名前の娘さんがおりまして、とても仲良くさせてもらったのです。遠い遠い時代のことですけど、彼女の華やぐ笑顔はいつもこの季節、桜が咲く頃になると思い出されます。

家のあちこちにあるカレンダーが、今日から弥生三月になりました。

いつもの年のように、一月の白梅から始まって、その下にひっそりと咲きます沈丁花《じんちょうげ》、桜の根元の小さな花の雪柳と、毎年我が家の庭の花たちはわたしたちの眼を楽しませてくれています。

板塀を越えてお隣さんまで枝を拡《ひろ》げた桜は、今年も二軒三軒先のご近所まで花びらを届けてくれますでしょうか。今はなかなかやりませんが、その昔は葉っぱを集めて塩漬けにして、桜餅《さくらもち》を作ったものですよ。

そして、三月といえばお雛祭《ひなまつ》り。

我が家の事情を知る方ならば、さぁどうするのと苦笑いしてしまいますよね。女の子の多い堀田家です。今までのお雛祭りはわたしが残しました古ぼけたものと、亜美さんが実家から持ってきた雛人形を出していたのです。

雛段に緋毛氈《ひもうせん》、内裏雛《だいりびな》、右大臣《うだいじん》に左大臣《さだいじん》、三人官女に五人囃子《ごにんばやし》。皆でわいわい言いながら飾り付けをするのは楽しいものですよ。

そして、我が家のアイドルの鈴花ちゃんとかんなちゃんです。二人とも女の子なのです。

昨年のお雛祭りのときにはまだ生まれて半年足らず。お雛飾りをどうしようかという声が脇坂さんからも勘一からも上がったのですが結論が出ずに、結局お母さんである亜美さん、すずみさんの持ってきた雛人形を二つも飾ったのです。それはまぁとても賑《にぎ》やかで華やかで良かったのですけれど。

今年は買わなきゃ駄目だろう、と言ったのは勘一で、ぜひうちで用意を、と仰《おつしや》ってくれる脇坂さん。一体この家にいくつ雛人形があれば気が済むんだと、かずみちゃんは大笑いしていました。

結論として、いつかお嫁に行くであろう二人にきちんと持たせてあげたいということで、かんなちゃんの雛飾りは脇坂家で、鈴花ちゃんの雛飾りは堀田家で用意することになりました。もちろん、差が付かないように、多少の色違いはありますがまったく同じ様式のものをです。

その雛祭りを明後日《あさって》に控えています。またまた夜には脇坂さんご夫妻もやってきて、賑やかにお食事会を開く予定になっていますよ。

台所では朝ご飯の支度が始まっています。いつものようにかずみちゃんを中心に、藍子と亜美さん、すずみさんが動きます。近頃は花陽もここに加わります。昔からお料理することは大好きで、ちょこちょことやってはいました。この春からは中学三年生。すっかり女の子らしくなってきて、お料理することにも気合いが入っているようです。

白いご飯におみおつけは豆腐《とうふ》に葱《ねぎ》、エンドウ豆と玉葱を卵とじして、新キャベツと蕪《かぶ》の浅漬けに、アスパラに豚肉を巻いて焼いたもの。胡麻《ごま》豆腐と焼海苔《やきのり》はいつものものですね。

食卓になります居間の座卓の準備をするのはマードックさんと研人です。朝から元気でご機嫌なかんなちゃん鈴花ちゃんのお相手はその他の男性陣。

その中でも、我南人は何故《なぜ》か二人のお気に入りです。もちろん我南人も孫を可愛がってはいるものの、あまり家に居着かないし、それほど猫可愛がりもしないこの男の何が好きなのでしょうね。

でも、思い出せば藍子に紺に青、花陽も研人も、何故か小さい頃は我南人がいちばん好きでしたよ。あれですかね、わたしたちにはわからない何か魅力のようなものが、やっぱり備わっているのでしょうか。

その我南人、冬が終わる前に甲状腺《こうじょうせん》の手術を行いました。無事に成功しまして、それまでと変わらずに毎日を過ごしています。ただ、やはり歌はまだ唄えないようです。日常的に喋《しゃべ》る分には何の問題もありませんし、お医者様も唄ってもかまわないと言っていますす。でも、やはり本人にしかわからないものがあるのでしょうね。作曲したりギターを弾いたりすることは変わらずに仕事としてやってはいますけど、あれから自分で唄うことはまだないのです。

いつものように上座には勘一がどっかと座り、その正面には我南人。そして店側に花陽と研人と青とマードックさんにかずみちゃん、縁側の方に藍子と紺と亜美さんすずみさん。かんなちゃんと鈴花ちゃんはそれぞれお母さんの横でベビーチェアに座っています。もう離乳食は卒業していますよ。

全員揃《そろ》ったところで、皆で「いただきます」です。

「本物の白酒ってさ、お酒入ってるの？」

「まっか」

「お母さん、わたしのスニーカーってどこ行ったの？」

「そういやぁ、マードックはいつイギリスに帰るんだよ」

「あら、ちょっと豚肉、塩っ気がきつかったかね」

「鈴花ちゃん、なにが赤いのかなー」

「いつも飲んでるのは甘酒だよ。知らなかったのか」

「今日は気温高いねぇえ、すずみちゃんちょっと縁側開けてよぉお」

「しがつに、なるまえには、いってこようとおもってます」

「スニーカーって、ナイキの？　冬の間に洗ってどこに置いたの？」

「ねぇ昨日の『ガイアの夜明け』録画したよね」

「かものいったの。いったの」

「え？　じゃあ白酒ってなに」

「これぐらいでちょうどいいんじゃないですか？」

「イギリスでのんびりするのもいいよね。行きたいなー」

「かもの？　かんなちゃん、なに？」

「新しいスニーカー欲しいなー、ピンクの可愛いの」

「白酒っていうのは、文字通りお酒だよ。リキュールって知ってるか？」

「おいちょっと練りカラシ取ってくれ、練りカラシ」

「年寄りが多いから、塩分は控えなきゃね」

「かよちゃん、ぼくかってあげましょうか」

「旦那《だんな》さん！　練りカラシをつけすぎです！　真っ黄色じゃないですか！」

「だめよ。甘やかしたら」

「この方が旨《うま》いんだよ、知らないのか」

勘一が豚肉巻が何かわからなくなるぐらいカラシをつけて、ただの真っ黄色の棒になっています。それにかぶりつくのを見て、皆がうわぁ、と顔を顰《しか》めてますね。本当にころっと逝っても知りませんよ。

でも長年これで生きているのですから、案外刺激物をたくさん摂《と》るのが長生きの秘訣《ひけつ》なのでしょうか。そんなことはないですよね。

「研人くんって、卒業式に学生服着るの？」

すずみさんが訊《き》きました。そうですね、いよいよ研人もこの春に小学校を卒業して中学生になります。まぁなんでしょう。この間、花陽がそうだと思ったら今度は研人です。時の流れは早いものですね。

「着るよ。中学校の制服」

そうです。研人の通う小学校では、卒業式に皆が進む中学校の制服を着て出席するのです。研人は花陽と同じ、区立の中学校に通います。

「研人の学生服姿かぁ」

藍子が言いました。皆が、箸《はし》を止めて何かを考えています。きっと頭の中には学生服を着た研人が浮かんでいるのでしょうね。

「それで、その髪の毛は切らないの？　卒業式には」

「切るよー」

亜美さんに研人が答えます。研人はここのところずっと髪の毛を伸ばしていましたね。実はこの子、天然パーマだったことがつい最近判明したのですよ。大きくなると髪質もちろん変わってくる場合がありますが、この子の変わりようは凄《すご》かったですね。昔は直毛だったのですが今ではふわふわのくるくるになっているのです。まるでカールをかけた西洋の王子様のようになってますよ。

そして研人は何故か卒業式の「呼びかけ」のリーダーになってしまったのですよ。別に成績がいちばんだったわけではなく、選ばれた理由がとんとわかりません。本人も首を傾《かし》げていました。

「本当は切りたくないんだけどさ」

ぶつぶつと研人が不満そうです。花陽と亜美さんが笑ってますよ。確かにあの髪の長さは中学校の校則に引っ掛かるでしょうし、実際、少しうっとうしいですね。

それにしても研人、この頃はふてぶてしさも少し感じるようになってきました。男らしくなってきたといいますか、逞《たくま》しくなったというか。いいことですよ。

四月からはまた、花陽と研人が同じ学校に通う日々が始まるのですね。

春は芽吹きの季節です。冬の間に眠っていたたくさんのものが、その溜《た》めた力を表に出して花咲き香っていきます。植物ばかりの話ではなく、人間もそうですよ。進学、就職など、新しい人生が花開いていきます。

犬のアキとサチが庭で日向《ひなた》ぼっこをしています。猫の玉三郎、ポコ、ノラ、ベンジャミンもそれぞれに縁側の日向に陣取って、眼を細めています。この頃はかんなちゃん鈴花ちゃんもあまり無茶をしなくなったので、年寄りの猫たちも安心しているようです。

二人が落ちたりしないように取り付けられていた柵《さく》も、この間ついに外されました。まだあぶなっかしいところはありますけど、もう自分で縁側から飛び出したりはしませんよ。もっとも、階段に付けられた柵はまだあります。勝手に昇って落ちては大変ですから。これが外されるのはいつごろでしょうね。

カフェには藍子とマードックさんが入っています。ところでマードックさんの本業はアーティストです。日本画や版画などを制作して、わたしは詳しくはありませんがなかなかに人気なのだそうですよ。それなのに、藍子と結婚してからはやたらとこうしてカフェの店員として働いています。非常に助かるのですが、本業の方はいいのでしょうかね。それだけが気にかかります。

古本屋の帳場には、勘一がいつものようにでんと座っています。鈴花ちゃんが生まれるまではすずみさんが勘一のお株を奪うようにしていたのですが、赤ちゃんの時期を過ぎてあちこち動き回るようになると、なかなかお母さんは眼が離せません。

ですから、すずみさんと亜美さんはできるだけ家の中の仕事をして、お店の方はフォローをするというふうになっています。もちろん、紺も青もかずみちゃんもいますから、忙しくて困るということはありませんね。思えば理想的な育児環境かもしれません。

花陽と研人が「いってきまーす」と学校へ向かってからすぐに、からんころん、と音がして、古本屋のガラス戸が開きました。いつもの朝のように、祐円さんがやってきました。

「よっ、おはようさん」

「おう」

もうこれが何十年も繰り返されている光景です。祐円さん、手に持った新聞は家から持ってきたのでしょうか。また怒られますよ息子の康円さんに。

隣の藍子にコーヒーを頼んで、祐円さん椅子《いす》にどっかと座ります。

「まぁしかしなんだな。俺らも凄《すげ》ぇよな」

「なんでぇいきなり」

祐円さんが、ぴゅるる、という具合に腕を大げさに振りました。

「八十過ぎてよ、身体《からだ》も頭もどっこもなんともなくて、こうしていられるっていうのはさ」

勘一が、がははと笑います。

「おめぇの頭はとっくにどうにかしてるじゃねぇか。毛がなくて良かったねってな」

この二人の会話は放っておいていいですね。せいぜいいつまでもそうやって言いあえるようにいてほしいものです。

「はい、祐円さんおはようございます」

藍子がコーヒーを持ってきました。

「よっ、ありがと。藍子ちゃんもきれいになったね」

「毎日見てるじゃないですか。今さらそんなに変わりません」

藍子は笑ってカフェに戻ります。

「いやぁ冗談じゃないのにな。藍子ちゃん、マードックの野郎と結婚してからきれいになったぜ」

勘一は、渋い表情を作ろうとしながらも、孫が褒められるのは嬉《うれ》しいのでつい微笑《ほほえ》んでしまい、微妙な顔になります。女性はいくつになっても美しくなれるものなんですよ祐円さん。

「ところで勘さん」

「なんでぇ」

新聞をぱさりと畳み、祐円さんが勘一を見ます。

「我南人の野郎はその後どうなんだよ。身体の方はなんともないのか」

「あぁ」

まぁなぁ、と勘一は頷《うなず》きます。

「ま、良性とはいえ、腫瘍《しゅよう》ができてそれを取ったんだ。再発とかそういうのを考えねぇわけじゃねぇけど、んなもん心配してたらそれだけで日が暮れちまわぁ」

「そうだわな」

「身体の方はぴんぴんしてるさ。相変わらずどこをほっつき歩いているかわかりゃしねえ」

「まぁそれならいいか」

いいのでしょうかね。けれども確かに心配だけしていてもしょうがありません。

「あれだな」

勘一が、ふぅ、と煙草《たばこ》を吹かして言いました。

「歌が唄えねぇってのだけが、ちょいとな」

「声は出るし、ギターだって弾けるんだろう」

「出るったってよ」

勘一が手元にあった本を取りました。

「たとえりゃあよ、物語が三度の飯より好きで小説家になった野郎が文章を書けなくなっちまったようなもんだ。読書は出来たって、触発されていざ書こうと思っても手が上《う》手《ま》く動かねぇって感じだ。一応それで商売やってきたんだから、さすがのあいつも忸怩《じくじ》たる思いってやつだろう」

「まぁ、そうだな」

ぽんぽん、と灰を落とします。

「歌の唄えねぇカナリアがよ、この先どうやって生きていくもんだかな」

うむ、と二人で頷きました。なんだかんだと言いながら、息子です。行く末を心配するのは当たり前ですよね。

＊

その夜です。

一時期休止していた町内番がこの春からまた始まります。所謂《いわゆる》火の用心ですね。昨今は子供の下校時に不審者が出るとかで、夜の見回りだけではなく、子供の登下校時にも見回りが出ていました。

最初の頃は試行錯誤していたのですが、町会としての見回りは以前のように夜の火の用心だけになりまして、今年も元は団子屋さんだった湯島さんの空き地に町会テントが設置されました。

裸電球が吊《つ》り下げられて、会議用のテーブルとパイプ椅子が置かれています。町内会からの差し入れで、お茶と甘いものもありますよ。〈昭爾屋〉さんの和菓子ですね。

昔はこの町内番も賑やかなものでして、下手《へた》すると酒盛りが毎晩行われるということもあったのですが、近頃は夜回りに協力してくれる人を探すだけでも大変です。結局古くからの顔馴染《かおなじ》みばかりということになってしまいます。

勘一もよく夜回りに出ていたのですが、さすがにもう無理しない方がいいだろうと、我が家から紺と青、そして祐円さんの息子の康円さんと、我南人の幼馴染みの新ちゃんが拍子木を手に町内を回ります。

〈火の用心、マッチ一本火事の元〉という声を掛けながら回りますが、最近の子供たちはマッチさえ知らない子も居ますからね。本当に時代というものは変わっていきます。もちろんそうではないと、困るのでしょうけど。

二手に分かれて町内をぐるりと回り、町会テントで集合して、それで解散です。紺は康円さんと組んだようですね。二人で並んで拍子木を打って回ります。

「紺ちゃん」

歩きながら康円さんが言いました。

「実はさ、ちょっと相談があるんだけど」

「相談ですか」

康円さん、終わったら〈はる〉さんで一杯やらないかと言います。紺もいいよと頷きました。

「相談というか、報告というか」

「報告？」

康円さん、うん、と微妙な顔で頷きます。

「えーと、僕だけの方がいいですか？」

いや、と首を横に振りました。

「誰が来てもいいけどね。たぶん、びっくりするから」

びっくりですか。いったい何があったのでしょう。


紺と青が二人で〈はる〉さんにやってきました。今夜はどうやらお客様が少ないようですね。カウンターに康円さんと、藤島さんもいらっしゃってましたよ。

「いらっしゃい」

カウンターの中で真奈美さんがにっこり笑います。コウさんも微笑んで頷きます。この店に京都から来た頃には本当に無愛想でしたけど、近頃は随分柔らかくなりました。いいことですよ。

真奈美さんがおしぼりを紺と青に手渡します。

「夜回りお疲れさま」

「どうも」

真奈美さんとコウさん、十いくつも年の差があるのですが、真奈美さんがコウさんに告白して、少しごたごたして、でもこうして結ばれて今は夫婦としてこの店をやっています。ただ、結婚式をいまだに挙げていないんですよね。お店が忙しくてなかなか時間が取れないということですが、どうなのでしょうね。

「藤島くんは、偶然？」

紺が訊くと、藤島さんは微妙な表情で首を横に振りました。

「僕と康円さんで相談して、紺さんに来てもらったんです」

「ええ？」

紺と青がびっくりします。真奈美さんもコウさんも眼を少し大きくしましたよ。もちろん二人は知り合いですが、それほど深いお付き合いがあるわけでもありません。藤島さんが苦笑いしました。

「どうせだからクイズにしましょうか」

そう言って、康円さんと自分を順に指差します。

「この二人の間で、お互いに共通するものを抱えてしまったのですけど、何だと思います？」

口ぶりからするとそれほど深刻な話題でもないようですね。さて、これはまったくわかりません。紺も青も首を捻《ひね》ります。

「男としては天と地ほど差があるわよねぇ」

真奈美さんが言うと、康円さんがおいおい！　と突っ込みました。冗談ですが、確かに六十近い神主の康円さんと、まだ三十歳でＩＴ企業の藤島さんとはいろんな意味で差があります。

皆でお酒を飲み、コウさんの出してくれたお通しを食べながら考えますが、まるでわかりません。

「はい、うどとマグロの胡桃和《くるみあ》えです」

コウさんが小鉢を出してから、とん、と手元を叩《たた》きました。

「私が答えてもいいですかね？」

あら、コウさんわかったのですか。

「ひょっとしたら、池沢百合枝さんがらみじゃないんですか？」

藤島さんが、正解、と微笑みました。

「池沢さん？」

紺と青が顔を見合わせます。日本を代表する大女優で、青の産みの母である池沢さん。確かに康円さんは、その池沢さんの事務所の社長と同級生でしたが。

「でも、藤島さんは池沢さんと何の関わりもないよね」

「まさか、新会社で芸能事務所をやることになったとか」

藤島さんがまさか、と手を振りました。そうなのです、藤島さん、ついにご自身が作った会社S&Eを退職したのですよ。そうして、元秘書であり、先に退職していた永坂さんはS&Eに復帰したのですよね。今度は三鷹さんの良き片腕として。

「新会社とは関係ないです。でも、僕個人とは関係がある」

紺が、えっ？　という顔をしました。

「ひょっとして、〈藤島ハウス〉？」

「ええっ？」

そうなんです、と藤島さんが頷きます。

「〈藤島ハウス〉の空き部屋に、池沢百合枝さんが入居できないかと言ってきたんです。もちろん内密に、康円さんを通してですね」

それならば、康円さんと藤島さんが一緒にこうしているのも頷けますね。康円さんが続けました。

「池沢さん、今はもう実質女優業をしていないだろう？」

していませんね。ＣＭでぽつりぽつりと姿をお見かけしますけど。

「このままなし崩しに姿を消そうって考えているらしいんだよね。実はこれは本当にトップシークレットで、絶対に外に漏れちゃいけないんだけど」

康円さん、周りを見回して声を潜めます。

「池沢さん、もう離婚届は提出しているんだ。密《ひそ》かにね」

紺と青は、うーんと唸《うな》りました。もちろん真奈美さんとコウさんもです。ここにいるのは全てを知っている人ばかりですから。

我南人と池沢さんの間に生まれたのが青。そうして、それをひた隠しにして女優業を続けた池沢さん。旦那さんは確かどこかの社長さんで、いえ今はもう会長さんでしたか。スキャンダルの種なども一切なくこれまで来たというのに。

「マスコミは全然嗅《か》ぎつけてないんだね」

「っていうか、いやこれは別にあれだよ、産みの母に対する皮肉でもなんでもなくて、池沢さん自体にもうニュースとしての価値がないからじゃないの？」

うん、と真奈美さん頷きました。

「今の青ちゃんの発言には、むしろそうあってほしいっていう息子の愛情が感じられたわね」

「いやいやそんなところでからかわないで」

青が首を振りましたけど、わたしも感じましたよ。そうなれば、気軽に自分のところに来てもらっても構わないのに、なんていう雰囲気でしたよね。

「確かに、旦那さんは一般人だからね。マスコミも全然彼女には目をつけていないんだろうさ」

紺が言って、顎《あご》に手を当てました。

「それは、やっぱり親父《おやじ》の手術がきっかけになってるのかな」

「そう思いますよね。僕も考えました」

藤島さんが頷きました。なるほど、そういう考えになりますね。

「下手したら、親父は長いことないかもしれない。そうでなくても唄えなくなって落ち込んでいるようだ。残り少ない人生なら、ここで親父と一緒にってこと？」

青の言葉に紺が頷きました。

「だからといって、俺たちのところに来るには、池沢さんの良心が許さないんだろう。青を捨てた自分の過去は、どんないいわけをしても正当化できないって言ってたからな。とはいえ、もう青はなんとも思っていないってことも親父から聞いてるだろう。それならば、せめて」

藤島さんが、そうそう、と続けました。

「幸運にも、僕が建てた隣のアパートには空き室がある。そこに入らせてもらえるならば、第二の人生を歩めるのではないかということでしょう。実際、こうやって僕が皆さんに相談することも想定して、池沢さんは言ってきたのだと思いますよ」

「そうか」

青が言いました。

「藤島さんが入居を許可するということは、すなわち俺らもそれを受け入れたという証《しるし》だからね」

皆が大きく頷きました。それから一様に考え込んでしまいましたね。確かにこれは藤島さん、大家といえども自分の一存では決められませんね。

コウさんが、お水を一口飲んで、口を開きました。

「私などが口出しすることじゃありませんけどね」

そんなことありません。もともとコウさんは、池沢さんがひいきにしていた京都の料亭の板前さん。あの方の紹介でここに来たのですから。

「もしそういうことであるならば、池沢さん、相当に悩まれたと思います」

青の顔を見て、ゆっくりと頷きました。

「過去の問題だとか、許してもらったとか、そういう次元ではなく、本当に、いえひょっとしたらあの方、生まれて初めて自分の心に正直に動いた結果なのではないですかね。そんな気がします」

　真奈美さんも大きく頷きました。そして、ふと思い出したように言います。

「あのね、青ちゃん、紺ちゃん」

「うん？」

「それこそ、まったく違う次元で申し訳ないけど、この人もこの間まですごく悩んでいたの」

「おい」

　コウさん、慌てます。

「その話は関係ないだろ」

「関係なくないわよ。ここにおわすは堀田家の跡取り二人よ？　今でこそあなたの腕がお客を呼んでいるけど、かつての〈はる〉が今までやってこられたのは堀田家の皆さんがごひいきにしてくれたからこそなのよ」

　それは言い過ぎですよ真奈美さん。

「あのね、実は〈春《はる》ふう〉から、コウさんに復帰してくれって話があったの」

「え？」

　まぁそんな話が。

「でも、コウさん」

コウさん、こくりと頷きます。

「もちろん、私の気持ちとして、あの店に戻れるはずもありません。ただ、その話は、イギリス支店への話だったのです」

「イギリス」

〈春ふう〉さん、縁があってイギリスへの出店が決まったそうなのです。そこで、かつては花板候補だったコウさんに話が来たとか。イギリスでの新しい店ならばコウさんの過去へのこだわりは関係ないですからね。

「大恩ある店からの話です。こんな私が力になれるのならとも考えましたが、でも、悩んだ末に断りを入れました」

「そうなんだ」

コウさん、にこりと笑います。

「向こうは真奈美も一緒にと言ってくれましたが、真奈美はここを離れる気はありません。お義母《かあ》さんのこともありますし、生まれ育ったこの町で、ここを愛してくれた皆さんとは離れたくないと。でしたら、私も動きません。単身赴任という話も向こうから出ましたが、とんでもないと」

「コウさん、それってのろけ？」

青が言って、皆が笑います。コウさんが顔を真っ赤にしてますよ。しっかりおのろけですよね。

「かつての私を無条件に受け入れて、そればかりか過去の傷までも癒《いや》してくれたこの町で一生を終えるつもりです」

そう言ってコウさん、青を見ました。

「それぐらいの強い気持ちと覚悟が、きっと池沢さんの胸にもあるような気がしますね」

うん、と真奈美さんも頷きました。

「まぁ、すぐにどうこうではないんです」

藤島さんが、青のお猪口《ちょこ》にお酒を注《つ》ぎました。

「池沢さんも、待つと言っています。あまり長く待たせては可哀相《かわいそう》ですが、少し考えて返事をいただけませんか。僕としては商売であのアパートをやっているわけではありませんから」

あくまでもこちらの意向に沿うようにということですか。青も紺と顔を見合わせ頷きました。

「じゃあ、その話はそういうことで。それで、ついでといってはなんですが」

藤島さんが、鞄《かばん》から何かを取り出しました。なんでしょう。あら、それは康円さんの神社の受付票ではないですか。

康円さんもにこっと微笑みました。

「まぁしかし便利ですね。こういう付き合いがあると」

藤島さん、パラリとそれを開いてカウンターの上に載せました。

あら、まぁ。覗《のぞ》き込んだ紺と青の顔に思いっきり笑みが浮かびました。伸び上がってカウンターの中から見た真奈美さんも、きゃあ！　と笑って叫びましたよ。コウさんも何事かと伸び上がりました。

「やったね」

「上手くいくとはね」

そこに書いてあったのは、結婚式の予定ですよ。両家の名前は、三鷹と永坂になっていました。しかももうすぐ、三月の末の話じゃありませんか。

「永坂の誕生日がこの日なんですよ。ちょうどよく空いていたので」

「やー、良かったね」

青が藤島さんの肩を叩きました。

「文字通り、肩の荷が下りたってやつじゃないの？」

「いや、まったく」

藤島さん本当に嬉しそうに微笑んでますよ。

「でも、いや水差す気はないけど」

真奈美さんです。悪戯《いたずら》っぽく笑いました。

「藤島さん、複雑な気持ちとかってないの？」

「ぜんぜん、まったく」

笑顔で、きっぱりと言い切りましたね。

「僕はもう知りあったときから、この二人が一緒になればいいなぁって思っていたんですよ。そりゃあね、長い年月でそれぞれにそれぞれが近づき過ぎちゃって、いろんな思いはありましたけど」

受付票をもう一度手にしました。

「この、二人の名前が並んでいるのを見た瞬間に、今までの人生でこれ以上ないってくらい、僕は心の底から満足したんですよ。本当に良かったたって」

真奈美さん、感心したように頭を振りました。

「あなたって本当にいい男だけど、一生独り身のような気がしてきたわ」

「そんなつもりはさらさらないんですけどね」

皆が大笑いします。真奈美さんがお銚子《ちょうし》を取り上げ藤島さんに勧めます。

「よし！　今日藤島さんにだけ私のおごり！」

二

それからしばらく経《た》ったある日のことです。

春というのはあちこちからいろんな騒《ざわ》めきを連れてくる季節なのでしょうね。賑やかに皆が集まった雛祭りも終わり、研人の学生服が出来上がった日のことです。

いつものように勘一が古本屋の帳場に座っていますと、何か大きな荷物を抱えて、ガラス戸を開けて入ってきたのは、外国人の方でした。

洋書も数多く置いてありますす我が家です。この辺りには外国人の観光客の方も多く、話ではアメリカとかイギリスの観光案内の本に我が家のことも載っているそうですよ。ですから、そうやって外国人の方がぶらりとやってくることも珍しくはないのですが。

勘一が「いらっしゃい」とその方を見た後に、眼を丸くしました。勘一の後ろで本の整理をしていたすずみさんも、あらっ、と声を上げました。

「おめぇ」

「こんにちは。また、きました」

ハリーさんですよ、ハリー・リードさん。アメリカはニューヨークのブックエージェントの方ですよ。まぁお久しぶりです。

「なんだ、また来たのか」

ジョーさんのお孫さんが送ってきたたくさんの洋書と、我南人のギターをめぐって大騒ぎしたのは、一昨年《おととし》のクリスマスでしたかね。アメリカに渡ったジョーさんが元CIA長官の日記をそのギターに隠したとかなんとか。

ハリーさん、にこにこしながら勘一の前に立ちました。

「ごあいさつ、おそくなってごめんなさい」

「別に挨拶《あいさつ》はしなくってもいいけどよ。どうしたんでぇいきなり」

これ、おみやげです、とハリーさんが差し出したのは、形から見ますと洋酒か何かでしょうか。勘一は訝《いぶか》しげにそれを受け取りました。まぁ外国からのお客さんのお土産《みやげ》ですからね。受け取らないのも失礼です。

すずみさんが隣からコーヒーを持ってきて、ハリーさんに勧めます。ハリーさん、どうも、と受け取って、椅子に座りました。

「じつは、あの guitar、てにはいりました」

「へぇ」

「あら」

そのギター、昔にジョーさんから我南人が貰《もら》ったものなんですが、貧乏だった頃になんですかキースさんというアメリカにいらっしゃるミュージシャンに売ってしまったとか。そうしてそのキースさん、わたしは知りませんけれども、大層有名な方なんですよね。とても接触ができそうにないと、ハリーさんは失意の内に帰国したんですよ。

「じゃあ無事にコンタクトが取れたってわけかい」

「はい」

ハリーさん、嬉しそうに頷きます。

「すごく、くろうしましたけど、なんとか。Keith は、わたしががなとさんのなまえだして、にほんでしりあいだといったら、すぐにあってくれました。そして、わかってくれました。Keith は、がなとさんは、best friend で、Japanese best rocker だとも、いってましたよ」

そうなのですか、我南人とキースさんはそんなに親しかったのですね。だったら我南人が一言言って、交渉させてあげれば話が早かったでしょうにね。そういうところの気遣いがあの子はありません。

それにしても、キースさんは世界的なミュージシャンということですが、その方に我南人は認められているのですね。そういう話を聞くと、〈伝説のロッカー〉などと呼ばれているのも伊達《だて》ではないと思います。

「それで？　ギターの中に秘密文書とやらはあったのかい」

「ありました」

「あったんですか」

まぁ、そうなんですか。

「じゃあ、そいつを出版すればおめぇは大儲《おおもう》けってわけか。そりゃあ良かったじゃねぇか。わざわざ日本まで来て苦労した甲斐《かい》があったってもんだ」

ハリーさん、日本語はなかなかお上手なのですが、使い慣れない表現とか昔の言葉とかはわかりません。勘一が英語で言い直していました。

「しゅっぽん、なかなかむずかしかったのですが、なんとかなりそうです。それで、ようやく、おれいに、これました」

「そうかい。わざわざ来るなんて律義なこった。まぁありがとよ」

ハリーさん、コーヒーを一口飲んで、辺りを見回します。

「それで、がなとさんは」

勘一が首を横に振りました。

「どこ行ってるかわかりゃしねぇよ。まぁ最近は夜は帰ってくるけどな」

「そうですか」

頷いてハリーさん、大きな荷物をぽんぽん、と叩きます。

「Keith から、あずかって、きたのです。がなとさんの guitar なおして、special made にして、もってきました」

あらそうなのですか。すずみさんがその荷物を移動させようとしました。

「でも、キースさん、お義父《とう》さんからこのギター買ったんですよね？　それなのに持ってきちゃったんですか？」

そのはずですよね。ハリーさんはうんうんと頷きます。

「そんなに、たいせつなguitarだったら、がなとさんが、もっていたほうがいいといっていました。ちゃんと、なおしたので、だいじょうぶだそうです。Keith、がなとさんにも、てがみだしたといってました」

そういえば、我南人にエアメールがいくつか届いていましたね。その件だったのでしょうか。

「まぁいいや。とりあえず我南人の部屋に置いとけよ」

「はい」

「それで」

ハリーさんが、鞄から何かを取り出しました。手紙でしょうか。

「Keithから、だいじな、てがみ、あずかってきました。これは、がなとさんに、ちょくせつわたして、へんじをもらってこいと」

「へぇ」

そうなのですか。勘一がちょっと首を傾げましたが、頷きます。

「まぁあいつは俺に輪をかけて筆無精だからな。あいつはそのキースとやらからの手紙に、なんにも返事を書いてないのかもしれねぇな」

「キースさん、しびれを切らしてハリーさんを寄越《よこ》したのかもですね」

すずみさんも笑って頷きます。

「どうする？　我南人が帰ってくるのはたぶん夜だぞ？」

「じゃあ、hotel、もどって、また、よるにきます」

動きがわかったら携帯に電話くださいと、ハリーさんは名刺を出して言いました。

「いつまでいるんだ？　日本に」

「がなとさんにあって、へんじをもらえるまで、います」

「わざわざかい」

勘一が驚きました。

「Keithとのやくそく、ですから。とても、とてもだいじです」

そう言ってハリーさんは帰っていきました。勘一は梱包《こんぽう》されたままのギターを見て言います。

「そのキースってのはよっぽどのミュージシャンなんだな」

「すごいですよ！」

すずみさんが興奮気味に言いました。

「旦那さんはわからないかもしれませんけど、私はお義父さん、あの人たちと知り合いなの？　ってだけでもうびっくりしてたんですから！」

そうなのですか。お若い方には人気があるんですね。

＊

かずみちゃんが、居間でかんなちゃんや鈴花ちゃんと遊んでいます。亜美さんと青が洗濯物を畳んでいますね。我が家はこの人数ですから、洗濯物だけでも大変です。入浴するのも最初から最後まで随分時間が掛かります。

我が家のお風呂《ふろ》は古い形のものですが大きいのですよ。大人でも小さな女性の方ならば無理すれば三人ぐらいはいっぺんに入れます。今はボイラーで湯を沸かすふうになってますが、昔は薪《まき》をくべて沸かしていたのですよね。我南人がお風呂番だったことを懐かしく思い出します。

「幼稚園なんかは、ここらあたりはどうなの？」

かずみちゃんが亜美さんに訊きました。

「研人のころは、まだ楽だったんですけど、最近はどこもいっぱいみたいですね」

「あぁ、やっぱりねぇ」

花陽も研人も一年保育でしたよね。かんなちゃんと鈴花ちゃんのときにはどうなるでしょうか。

ごめんください、と玄関から声がしました。亜美さんが、はーい、と出てみると、あら、確か研人の同級生の、メリーちゃんのお母さん。

汀子《ていこ》さんというクラシカルな名前のお母さんでしたよね。メリーちゃんは芽莉依《めりい》とい
うちょっと読むのに難しいお名前です。買い物ついでにお話があって寄られたようで、居間に上がってもらいました。かんなちゃん鈴花ちゃん、それにアキとサチがさっそくお出迎えです。猫ではベンジャミンとポコが人懐こいですよ。かならず人に寄っていきます。

まぁ犬猫が苦手な方にはちょっとつらい環境ですね我が家は。

「かわいいわー」

汀子さん、かんなちゃん鈴花ちゃんを見て言います。

「どう、再婚してもう一人二人」

亜美さんに言われて汀子さん手をひらひらと振ります。そうですね、離婚されたのですよね。それでメリーちゃんが泣いていたことがありました。

「それでね、芽莉依と研人くん、中学校別々なのよね」

「あぁ、そうね」

メリーちゃんは私立の中学校へ行くとか。お母さんの母校だったと聞きました。

「メリーはずっと私と同じ学校へ行くって言っていたからあれなんだけど、やっぱり研人くんと別れてしまうことがとても辛《つら》いらしくて」

かずみちゃんも一緒に、三人で苦笑いします。

「よっぽどメリーちゃん、研人のことを好きなんだねぇ。男冥利《みょうり》に尽きるね研人は」

本当ですよ。ありがたいですね。

「メリーったら、私立へ一緒に行こうって何度も誘ったんですって。でも研人くんは皆と同じところへ行くんだって」

「研人はね、おじいちゃんを尊敬してるから、おじいちゃんと同じ学校へ行くんだって」

「あ、そっちなのね。皆って男友達だと思ったら」

「ううん、おじいちゃん」

そんなことを言っていたのですか。確かに我南人もあの区立中学校へ通いました。まぁそれを言えば藍子も紺も青も皆そうなのですけど。

「それでね、本当に申し訳ないんだけど、あの子わがままで」

「なに？」

「研人くんに無茶を言ってるんじゃないかと思って」

「無茶」

汀子さん、顰め面をして続けます。

「たとえば、もう研人くんに毎月一回手紙を書いてもらうって約束を大分前にしたみたいなの」

「あら」

あの研人が手紙ですか。汀子さんが続けます。

「研人くん、優しいから、うちの子のわがままなんか放っておけばいいのに、なんだかんだ聞いてくれてるみたいなの」

「あら？」

かずみちゃんです。

「そういえばね、ここのところ研人の字が」

「あ！」

亜美さんも声を上げました。

「あの子、字が急にきれいになってきたと思ったら、そのせいなのかしら」

汀子さんも眼を丸くします。かずみちゃんが続けました。

「そうだよきっと。あの子、我南人ちゃんに似てカッコつけだから、手紙を書くとなると、下手くそな字じゃカッコ悪いとか思ったんだよ。あるいは、我南人ちゃんに入れ知恵されたのかも」

ありえますね。わたしもずっと思っていたのですよ。研人の字が急にきれいになったと。どうやらそれが正解かもしれません。汀子さんが申し訳なさそうに身を竦《すく》めます。

「もしそれが本当ならごめんなさい」

「あら、とーんでもない。もしそうだとしたら大歓迎。ねぇかずみさん」

「そうよ。字がきれいな男っていいじゃないの。将来きっと役に立つわよ」

その通りですね。我が家の男たちは揃いも揃って筆無精でしかも字が下手ですからね。あぁでも、青が比較的きれいな字を書きますね。そして筆まめでした。添乗員という外へ出る客商売をしていたせいでしょう。

「それで済んでくれればいいんだけど」

汀子さんが申し訳なさそうに言います。

「というと、まだ何か？」

「はっきりわからないんだけど、何か研人くんが卒業前に思い出を作ってくれるって」

「思い出」

かずみちゃんと亜美さん、首を傾げます。

「なんだろう」

「なんでしょうね」

それが訊いても、内緒、としか言わないんだとか。

「そうやって言うってことはおかしなことではないと思うんだけど、研人くんには何か無理させるんじゃないかって心配で」

うーん、と亜美さんは考え込みます。なんでしょうね。

「まぁ研人がいくら行動力があるっていっても、小学生だからね。可愛いもんだと思うわよ。そうでしょ？」

かずみちゃんの言葉に二人が、そうねぇ、と頷きます。大丈夫ですよ。研人のことだからきっと楽しいことを考えているのでしょう。

「それにしても研人ってば、メリーちゃんのことそんなに好きなんだね」

かずみちゃんが言うと、汀子さんも亜美さんも首を捻りました。

「たぶん、研人くんは好きっていうのと違うような気がします」

「私も、そんな気がする。もちろん好きは好きなんだろうけど、期待に応《こた》えたいっていうの？　きっとメリーちゃんのあのきらきらしたカワイイ眼で頼まれると、やってやるぜって気持ちになるんじゃないかな」

かずみちゃん、成程《なるほど》と頷きました。

「姫を守る騎士道精神ってやつかね」

あれもなかなか男だねぇ、とかずみちゃんが笑いました。

〈東京バンドワゴン〉の営業は午後七時くらいまでです。古本屋にしてもカフェにしても、少し終わりが早いような気がしますが、昔からなのですね。以前は六時で古本屋を閉めていました。

これも家訓である〈食事は家族揃って賑やかに行うべし〉を守るためなのですよ。けれども、毎年この季節になると、営業時間を延ばすかどうかの話になります。特にカフェはそうですよ。まぁ短いのがまた良いという話もあるのですが。

晩ご飯の支度も、かずみちゃんが来てくれたおかげで、藍子や亜美さん、すずみさんが楽になりました。もちろん、料理上手なマードックさんもよく手伝ってくれますし、紺も青もそれなりにできます。

*

まもなく六時三十分、台所では支度が始まり、居間では紺と青と勘一が何やら話しています。かんなちゃんと鈴花ちゃんがどこに行ったのかと思えば、二階で花陽と研人が一緒に遊んでいるようです。

「まぁ親父もね、年だしね」

青です。どうやら、ハリーさんがやってきたという話から、我南人の話になり、営業時間の問題に飛んだようですね。

「親父の収入があるから、営業時間が短くてもなんとかやってこられたけどさ。これで親父が引退しちゃったらさぁ」

少しでも売り上げを伸ばすために、青は、自分がカフェの夜の部をやってもいいと言っているのです。古本屋は、仮に二時間延ばして九時までやったところで大した実入りは見込めませんからね。

勘一は、お茶を飲み、新聞を読みながら口をへの字にしています。頑固ですから、営業時間をこれ以上延ばすのは嫌なのですが、かといって一家の収入は考えなければなりません。

「我南人の野郎はどうしたんでぇ。今日は遅いじゃねぇか」

最近は毎日帰ってくる我南人ですが、確かに遅いですね。青がちょっと息をついて、紺を見ました。

「兄貴、あれ、どうしようかね」

「あれかぁ」

あれとは、あれですか、池沢さんの件ですか。まだ皆には話していないのですね。

「なんだよあれって」

勘一がじろりと睨《にら》みます。

「うん」

紺がお茶を飲みました。どしんばたんと上で音がして笑い声が聞こえます。楽しそうですね、何をやっているのでしょう。

「そろそろ結論出さないとさ。藤島くんも待ってるだろうし」

「そうだな」

「藤島？　そういやあいつの新会社とやらはどうしたんでぇ。順調なのか」

あら、話がそっちに行ってしまいましたか。あぁ、と紺が言いました。

「そろそろ設立だったと思うよ。もう稼働はしているんだろうけど正式にはね」

「おんなじような仕事なんだろ？　前のと」

「そうだね」

詳しいことはわたしや勘一が聞いてもちんぷんかんぷんですよね。紺も青も藤島さんの仕事内容を説明するのに苦労しているようです。

「まぁ要するに、思いっきりわかりやすく、かつ乱暴に言ってしまうと、S＆Eが映画会社だとしたら、藤島くんの新会社ＦＪはテレビ局みたいなもんかな」

あら、会社の名前はＦＪというのですか。初めて聞きました。

「えふじぇい？」

勘一も初めてだったのですね。

「そう、エフジェイ。たぶん、藤島のＦＵＪＩから取ったんだと思うけど」

何か紺が苦笑いします。勘一もからからと笑いましたよ。

「あいつぁ、仕事はできても、ネーミングのセンスはからっきしねぇな」

「隣は〈藤島ハウス〉だしね」

青が言いました。失礼ですよ。今頃藤島さん、くしゃみしていますよ。

「設立記念のパーティと、三鷹さんたちの結婚式の日取りを一緒にして招待したいけど、じいちゃんは嫌がるだろうからどうしようかなって言ってたよ」

勘一、へぇ、と考えます。

「確かに面倒だがな。旨いもんと旨い酒が飲めるなら考えてもいいけどよ」

階段をどたばたと降りる音が響いてきて、花陽と研人がそれぞれかんなちゃんと鈴花ちゃんを連れて来ました。

「おーじゅ！」

「おーじゅ！」

二人でぱたぱたとやってきて勘一にぶつかっていきます。もうこうなると話などできませんね。そろそろ晩ご飯も出来上がる頃です。

あぁ、我南人も帰ってきたようですね。玄関が開いて足音がして、のっそりと我南人が居間に姿をみせると、今度はかんなちゃん鈴花ちゃんは「じぃー！」と我南人の方へ向かっていきます。

今夜の晩ご飯は鍋《なべ》のようですね。冬の間には簡単で美味《おい》しいですから一週間に二回は登場していましたが、ここのところはご無沙汰《ぶさた》でした。我が家の鍋は水炊きが基本です。何せ年代がバラバラで好みもバラバラですから、昆布出汁《こんぶだし》だけで煮込んだ野菜やお肉を、それぞれの小鉢にとって、それぞれが好みのたれで食べるのですよね。

ですが今夜は違うようですね。

「なんでぇこの匂《にお》いは」

運ばれてきた鍋を見て勘一が訝しげな顔をします。

「今夜はトマト鍋です！」

すずみさんが何故か仁王立ちして言いました。

「トマト鍋ぇ？」

「つまーっびぇー」

「つまーっなぇー」

ときどき思うのですが、勘一のべらんめぇ調の言葉がかんなちゃん鈴花ちゃんに移ってしまうんじゃないかと心配です。思い出せば花陽や研人のときも、赤ちゃんの頃にはそうだったような気がするのですよ。

「要するに、トマトベースのスープみたいなものですね。それを鍋風にしたと思ってください」

腰に手を当てたままますずみさんが解説します。あぁ、鈴花ちゃんがお母さんの真似《まね》をして横に立ちましたよ。

「なるほどね。まぁ旨そうじゃねぇか」

「最後にはご飯を入れてリゾット風にしますから、鍋だけでお腹《なか》一杯にしないでくださいね」

これはわたしも初めて見る料理です。何が入っているのでしょうね。魚は白身のたらでしょうか。海老《えび》にはまぐりも入っていますね。お葱に白菜にキャベツ、人参《にんじん》に豆腐に椎茸《しいたけ》、もやしも入っているようです。相当具沢山ですね。なるほど要するにブイヤベースにトマトを入れて、和風の鍋方式にしたものなのですね。皆が揃ったところで「いただきます」です。

「お魚おいしいー」

花陽は魚好きですよね。いいことです。かんなちゃんも鈴花ちゃんも、ちゃんと別に取ってもらって、冷ましてもらって口に運びます。

「にほんのりょうり、ほんとうに、すごいですよね。はっそうがいいです」

マードックさんはしょっちゅう言ってますよ。料理のことだけ考えると、イギリスには帰る気がしないと。

「我南人よ」

「なぁにぃ」

「後でハリーが来るぞ」

勘一が言いました。

「ハリー？　誰だっけぇ？」

「おめぇのギターにえらいもんが入ってるって泣きついてきたアメリカの本屋よ」

本屋さんではないですよね。ブックエージェントです。皆があぁ、と頷きました。まだ言ってなかったのですね。

「あぁ、彼ねぇ。どうしたのぉ、観光ぉ？」

「ギター預かってますよ。お部屋に置いておきました」

「なんでもキースってぇおめぇのダチがしっかり直して寄越したそうだぜ」

鍋の海老を口にくわえながら、我南人が動きを止めました。海老がふらふら動いてますよ。かんなちゃん鈴花ちゃんが真似するからやめなさい。

「キースがぁ」

「マジで？」

青が反応しました。あぁ豆腐が熱かったようですね。はふはふ言ってます。

「それと手紙を預かってるとよ。そいつからのな」

「キースからのてふぁみ？」

紺です。やっぱり口に入れたキャベツが熱かったようで何と言ったかよく聞き取れませんが、手紙で驚いたのでしょうね。

「なんだってぇ言ってきたのぉ」

勘一が白菜を口にしながら言います。

「知るかよ。なんでも直接おめぇに渡して、その場で返事をもらわねぇと帰れねぇって言ってたぞ。おめぇキースとやらの手紙に返事出してないんじゃねぇか？」

「うーん。そうだねぇえ」

口をもぐもぐしながら我南人は何かを考えるように天井を見上げていましたよ。

三

ちょうど晩ご飯が終わる頃にハリーさんがやってきて、例の手紙の件で話がしたいとのことだったのですが、せっかくなのでコウさんの美味しい料理を食べさせてあげよう、となりました。わざわざアメリカからいらしているというのに、お茶だけでお帰しするのもなんですよね。

紺も青も、あの池沢さんの件をそこでついでに話してしまおうと考えたようです。どうせハリーさんが聞いてもなんのことかわかりませんからいいのでしょう。

勘一と我南人、紺と青、そしてハリーさんと、一応通訳でマードックさんも一緒に〈はる〉さんに向かいました。

毎度毎度我が家の用事で騒がせてしまって、本当に申し訳ありませんね。真奈美さんとコウさんはいつ行っても笑顔で迎えてくれます。

ハリーさん、日本のこういうお店は初めてだそうで、きょろきょろして喜んでいましたよ。

「はい、筍《たけのこ》と鯛《たい》の包み揚げです」

コウさんが出したお通しにさっそくハリーさん、great! と呟《つぶや》きます。

我南人はハリーさんから受けとったキースさんの手紙を開いて、眉間《みけん》に皺《しわ》を寄せながら読んでいます。きちんとタイプされた手紙です。別に難しいことを考えているわけではなく、一生懸命訳を考えながら読んでいるせいでしょうね。

「マードックちゃんぅ」

「はい」

我南人が観念したように手紙を渡しました。

「だいたいはぁわかるんだけどぉ、細かいところはぁ、訳してみんなに聞かせてぇ」

「いいんですね？」

こくこくと我南人が頷きます。マードックさんが受けとって手紙の文面を眼で追っていきます。最初は笑顔でふむふむと頷いていたのですが、急に真剣な顔になりましたよ。

「がなとさん、これって、え？」

「なんだよ」

勘一が横から覗き込みました。一応、英語はできますからね。

「あ？　ワールドツアーぁ？」

ワールドツアーとはあれですね、全世界を回ることですね。なんのツアーでしょうか。

紺と青がなんだなんだと騒ぎました。

「がなとさん、Keith に world tour いっしょにやろうって、さそわれているんですか？

あの band といっしょに、stage やるんですか？」

まぁ、そうなんですか。それは要するにコンサートツアーですね？

「マジぃ!?」

紺と青と真奈美さんが同時に文字通り椅子から飛び上がって叫びました。ハリーさんは、OH! と言いましたよ。中身までは知らなかったのですね。

「そりゃあ、おめぇ」

勘一がお猪口をくいっ、と空けて、少し考えました。

「いい話なのか？　要するに仕事だろ？」

「じいちゃんいい話なんてもんじゃないよ!!」

青が言って、なんだか興奮して辺りを見回しました。もちろん誰もいませんよ。

「ものすごいニュースになるよ！　ヤフーのトップだよ！」

紺も眼を見開いて唸ります。少し顔が赤いのはお酒のせいだけじゃありませんね。この子がこんなに興奮するのは珍しいですよ。

「本当ならこれで、いや、すごくいやらしいけど、親父のアルバムなんかがまた売れ出すよ」

あらそうなのですか。それは確かに口にするのはいやらしいですけど、我が家の財政を預かる紺にとっては嬉しいことですよね。

「でも」

真奈美さんです。

「我南人さん、歌」

皆が、思い出したように我南人を見ました。そうですよ、コンサートツアーということは、歌を唄わなきゃならないのですよね。察するところ、ゲストとして参加するだけなのでしょうけども、今の我南人には無理なのではありませんか。

我南人は、にこっと微笑みました。

「何度もぉ、手紙貰ったんだぁ、キースがねぇ、今度のワールドツアーで一緒にやろうっていってねぇ。もちろん、サポートゲストさぁ。何曲か一緒に演奏してぇ、自分の歌も一曲ぐらい唄わせてもらってぇ。話によってはぁ、バンドメンバーと一緒に行ってぇ、オープニングアクトをやってもいいんだぁ。でもぉ、手術して唄えないって、これも何度も言ったんだけどねぇ」

勘一が、渋い顔をして煙草に火を点《つ》けました。

「おめぇよ、我南人」

「なんだいぃ」

「そりゃあ確かによ、咽《のど》の調子が悪いのは事実だろうよ。思いっきりシャウトしてよ、それで今度は声も出なくなったら怖いってぇ思う気持ちもまぁわかる。これでもおめぇに音楽を教えたのは俺だからな」

「え、そうなの？」

青です。

「じいちゃん、音楽やってたの？」

「おうよ。これでもベースだってギターだってピアノだって弾けるぜ。まぁ錆《さ》びついちまってるけどよ」

知りませんよね。大昔のことですから。

「でもよぉ、俺は知らねぇが、キースってのは世界の大物なんだろうよ」

「そうだねぇ」

「そいつから一緒に世界を飛び回ろうって誘われてよぉ、そりゃあおめぇミュージシャン冥利に尽きるってやつじゃねぇのか？　この先、何十年生きても二度とないんじゃねぇか？　そんなんを断って、おめぇそれでいいのかよ」

勘一の言うこともわかりますが、我南人の気持ちもわかりますね。最高の状態でできないのであれば、やるべきではないと思うのではないでしょうか。

「あ！」

突然、ハリーさんが声を出しました。

「すみません、わすれて、いました」

スーツの内ポケットから出したのはまた手紙です。

「これ、Keithが、あとから、もってきました」

我南人が開くと、あら、今度は書き文字ですね。

「キースの自筆？」

青がまた驚きます。

「それだけで何万円だ！」

駄目ですよ青、そんなこと言っちゃ。

「貸してみろ」

勘一が横取りしました。でも、外国の方の書き文字はなかなか判読し難《にく》いですよね。

唸った後に、勘一はすぐにマードックさんに預けました。

「読み上げろや」

マードックさん、一応我南人の顔を見て、頷くのを確かめてから読み始めました。

「がなと、きみのきもちはわかる。うたうことのこわさ、うたえなくなることのきょうふ。りかいできる。でも、たとえ、うたえなくても、きみの guitar はすばらしい。さいこうだ。きみが guitar をかきならすだけで、それが rock だ。きみが guitar をかかえて stage にたつだけで、かんきゃくはそこに rock をみるだろう。ぼくは、それだけでも、ぼくたちの tour にきみにさんかしてほしいんだ。ぼくたちにとっても、これがさいごの world tour になるかもしれないんだ。きてほしい。たのむ。まってる」

一度お水を飲みました。なんだかマードックさんが興奮しています。

「そして、がなと。ぼくは、きみのたましいをしっている。きみの rock のたましいをしんじている。きみには rock のかみさまがおしみなくあたえた、ROCK'N' ROLL のたましいがやどっているんだ。かならずふっかつすることを、あの、がなとの ROCK'N' ROLL がきけることを、ぼくはゆめみている。ねがっている」

マードックさんの手が少し震えていますね。我南人が眼を閉じて上を向いてじっと聞いていました。

「我南人さん」

真奈美さんです。我南人は眼を開けました。

「これはもうラブレターね。まさに魂のラブレターよ」

にっこりと我南人は笑います。

「嬉しいねぇ、本当にぃ」

「親父」

紺です。こちらも微笑んでいます。

「ついでに、言っちゃうよ」

紺が、藤島さんのアパートに池沢さんが入居したいと言ってきたことを告げました。

勘一はびっくりしてましたが、どうやら我南人は池沢さん本人から、聞かされていたようですね。うんうん、と頷きました。

「俺らは、親父の判断に任せるよ」

青が言いました。ニコッと笑います。

「好きにすればいいよ。今までみたいにさ」

勘一も、ちょっと口をへの字にしましたが、うむ、と頷きました。これはもう勘一の出る幕じゃないですね。すべては、我南人がどうしたいか、ですね。

皆が、静かに煙草を吹かしたり、お酒を口に運びながら、我南人がなんと言うのかとじっと待っていました。一人だけ嬉しそうに美味しそうに料理を次々に口に運んでいるのは、ハリーさんですね。喜んでもらえて良かったです。

突然、ガラッ！　と〈はる〉さんの戸が開きました。皆がちょっと驚いて顔を向けると、あら、どうしたのですか？

「研人」

そうです。研人がそこに立っているのです。

しかも、手に持っているのは我南人のギターじゃありませんか。それは、この間、クリスマスに我南人に貰ったものですね。

「どうした？」

紺が訊きました。もちろん、美味しい料理が食べられますから、子供たちも〈はる〉さんに来ることはありますよ。でも、そんな感じでもないですね。晩ご飯を食べたばかりでお腹一杯のはずですから。

「あのさ！　じいちゃん！」

我南人に用事ですか？

「キースから、誘われてるんでしょ？　今日はその話でハリーさん来たんでしょ？」

どうして研人が知っているんでしょう。皆が眼を丸くします。

「誰から聞いたのぉ？　研人ぉ」

「ボンさん！」

あら、我南人のバンドのメンバーでドラムスの方ですね。長い付き合いですから何度も家に来ていますし、研人もよく知っていますけど。

我南人は、眼を丸くしました。どうやらバンドメンバーには、キースさんから誘われていることを話していたのですね我南人は。

一歩店の中に入って、研人は我南人に言いました。

「もう、すぐにでもツアーの準備が始まるんでしょ？　そうしたらおじいちゃん、アメリカに出掛けちゃうんでしょ？　ずっと帰ってこないんだよね」

我南人が少し首を傾げました。

「もしそうなったら、そうだねぇえ」

「じゃあさ！」

研人が一段と声を張り上げます。この子の声はこんなに通りが良かったでしたっけね。

「だったらさ！　おじいちゃんの〈復活祭〉をさ、僕たちの卒業式にやってよ！　そこで思いっきり唄ってよ！」

「ええぇえ？　卒業式でぇえ？」

さすがの我南人も驚いています。

そして、研人を店の中に押し込むようにして現れたのは、まぁ、そのボンさんですね。

そしてさらに後ろからぞろぞろとやってきたのは、ギターの鳥《とり》さん、ベースのジローさん。まぁ勢揃いじゃないですか。

我南人のバンド〈LOVE TIMER〉の皆さんです。

待ってください、まだいらっしゃいますね。

その後から入ってきたのは、小学校の校長先生とメリーちゃんじゃないですか。どうしてですか？　あっという間に狭い〈はる〉さんはいっぱいになってしまいました。

「お前たちぃ」

我南人が言うと、体格が良くて坊主頭のボンさんが、優しく研人の頭を叩きます。

「カワイイ孫だなぁ我南人」

鳥さんもジローさんも笑っています。

「言わなくたってわかるだろう？　準備万端だってことはよ」

肩まで届く髪の毛のジローさんが親指を立てました。くるくるカールの髪の毛の鳥さんもにやにやして頷きます。

「随分上手になったぜ、研人」

上手というのは、ギターのことでしょうか。あれですか、研人がこの頃どこかへ行っていたのは、バンドの皆さんに会っていたのでしょうか。

しかしこのメンバーに何故校長先生が。どう見ても異質ですね。

「校長先生」

研人の親である紺が慌てて立ち上がって、校長先生に椅子を勧めてから言います。

「どうして、こちらへ？」

確か、初芝《はつしば》さんでしたよね。こうしてお会いするのは随分とお久しぶりです。あれは研人が四年生のときでしたかね、売り物の古本のことでちょっとあって、我が家においでになったのは。

「さっき、研人くんが慌てて家まで走ってきましてね」

「さっきですか」

初芝さん、にこりと笑います。

「サプライズ？」

「以前から、研人くんに提案されていた卒業式のサプライズを決めるチャンスだと言われて走ってまいりました」

「今年の卒業式が開校七十周年の節目であることはご存知ですよね」

紺が、そういえば、と頷きました。

「そこで卒業式の呼びかけのリーダーになった研人くんから提案があったのですよ。我南人さんのサプライズライブをやってみてはどうだと」

「なんと」

勘一が研人を見ました。そんなことを考えていたのですか。

「我南人さんはわが校のOBでもあります。PTA代表からは既にOKを貰っています。ましてや、私と変わらない年でありながら、病から復活し、世界へとはばたこうとするその姿勢は未来を担う子供たちへの希望の贈り物として、最高のものになると思うのです」

初芝さんは、我南人に向きなおりました。

「我南人さん、いかがでしょう」

黙って話を聞いていたメリーちゃんがちょこっと前に出ました。どうしてメリーちゃんがここにいるんでしょうね。

「あの」

我南人が優しく微笑んで、少し腰を折りました。

「すみません」

ぺこんと頭を下げます。

「なんでぇ謝るのぉお？」

「わたしが、研人くんにお願いしたんです」

「メリーちゃんがぁあ？」

「卒業して、はなればなれになっちゃうんです。何か記念になることをしたいって言ったんです。わたしは、あの、映画を観に行くとか、ディズニーランドに行くとか、そんなこと考えてたんだけど、研人くんが、どうせならみんなと一緒に大きなことをしたいって」

一生懸命にそう言って、メリーちゃんはまたごめんなさいと頭を下げました。そういうことでしたか。謝るようなことではありませんね。メリーちゃんの気持ちも嬉しいです。気づきませんでしたが、お店の外にメリーちゃんのお母さんも来てましたね。あら亜美さんもいるじゃありませんか。

研人がメリーちゃんが言い終わるのを待って、我南人の前に立ちました。

「おじいちゃん、いっつも言ってるじゃない。心の底からLOVEを唄えば、それが通じるんだって。違った？」

言ってましたね、確かに。

「病気でいつもの声なんか出なくてもさ、いつもの我南人じゃなくてもさ、誰かに届けって思って、LOVEを思いっきり込めて唄えばそれだけでいいんじゃないの？　それでいいんじゃないの？　ちがうの？」

真剣な顔です。ふざけているわけじゃありません。驚きです。いつの間にかこんなふうに、男の顔をするようになったのですね。

「世界を回る前にさ、ここでさ、復活させてよ！〈ゴッド・オブ・ロック〉の我南人をさ！」

研人は拳《こぶし》を強く握っています。きっと研人はずっと思っていたのですね。尊敬する大好きなおじいちゃんにもう一度唄ってほしいと。歯がゆくも思っていたのでしょう。唄わないでふらふらしている我南人を。

「そうだねぇえ」

我南人が、珍しく溜息《ためいき》をつきました。長い金髪をばさりと揺らします。

「研人の言う通りだねぇ。あれかなぁ、これが負うた子に教えられるってやつかなぁ」

「僕は孫だけどね」

皆が大笑いします。確かにそうですね。

我南人が立ち上がり、パン！　と手を打ちました。

「唄うよぉ」

我南人が、研人の手からギターを受けとり、ギターのネックを握りしめました。

「たとえぇ、声がかすれちゃってもぉ、みっともなくてもねぇ。研人の友達みんなの旅立ちのためにぃ、最高のバンドで最高のステージを見せようかなぁ」

校長先生も、にっこり笑って、大きく頷きました。

「ぜひ！　お願いします！」

＊

卒業式の当日です。

何もなければ、父親である紺と母親である亜美さんがスーツを着て出掛けていって、その夜はちょっとしたお祝いをして終わるところですが、今日は違います。

滅多にないことなのですが、カフェをお休みしました。古本屋は、すずみさんと青で営業しますし、かずみちゃんとマードックさんが、かんなちゃん鈴花ちゃんの子守り役です。

と、言いますのも、我南人のサプライズライブを勘一も見に行くと言い出したのですよ。それならばお目付け役で藍子も行くと言い出し、そういうことになりました。

研人の妹であるかんなちゃんがお兄ちゃんの晴れ姿を見られないのは残念ですが、まだ途中でぐずってしまう年齢ですし、なんといっても姉妹のようにして育つ鈴花ちゃんと離れたことがないですからね。だからといって二人とも連れて行くわけにはいかず、今回はお留守番です。

わたしにしてみれば、我南人も藍子も紺も青も花陽も通った小学校。校舎はその間に建て替えがありましたが、本当に長い間お世話になってますね。この先も、かんなちゃんと鈴花ちゃんの通う姿を見られますかね。

卒業式は粛々と進んでいきます。卒業生の男の子は学生服、女の子はセーラー服。何人かは少し違う制服も交じっている、いつもの卒業式の光景です。

　あぁ女の子の中には、涙ぐんでいる子もいますね。卒業証書の授与はひとりひとりに手渡されます。皆、制服を着るとすっかり子供臭さが抜けてしまいます。立派な少年少女に見えますね。

　式次第の最後は、卒業生全員による呼びかけです。

「六年一組、堀田研人くん」

「はい」

　リーダーの研人が、すっと立ち上がって、歩いて段の上に上がります。見ている亜美さんと藍子、少し眼が潤んでいます。亜美さんはもちろん、藍子にしてみても生まれたときからずっと一緒にいる息子のようなものですよ。紺は後で皆にビデオを見せるために撮影中です。勘一も神妙な顔つきで見ています。

　研人が最初の発声をしました。

「早春の風が吹く三月。すべての命が大きく動き、新しい命が芽生えるこの季節。今日は、私たちの卒業式です」

　度胸は大したものですね。しっかりとした、しかも感情豊かな呼びかけに、客席の保護者の皆さんから感嘆の声が漏れましたよ。

　そうして、続けてたくさんの卒業生たちが、研人と一緒に、今までの思い出を春夏秋冬に重ねて唱和します。

いいものですね。何度見ても、卒業式というのは本当にいいものです。子供たちの明るい未来が、将来が、光となって世界中を満たすような気持ちになってきます。

「振り返れば、思い出は尽きません。私たちのことを考え、ご指導くださった先生たちの思いを胸に刻み、私たちはこの学校を巣立ちます。長い間、本当にありがとうございました」

一礼した研人が、そのままステージを降りるのが普通の式次第ですが、今回は違います。卓をそのままステージの脇までずずずっと押していきました。会場になっている体育館中が一斉にざわつきました。

研人はすぐにステージ中央に戻ってきました。マイクを手に、あぁ、なんだか我南人にそっくりですね、にやっと笑いました。

「ロックン！ ロォール！」

研人の叫びと同時に、後ろに吊るしてあった幕がすとん、と落ちました。そこに現れたのは我南人と〈LOVE TIMER〉の皆さんです。

会場から驚きの声と割れんばかりの歓声が上がりましたよ。それを合図にしたようにドラムスのボンさんのカウントとともに演奏が始まり、我南人がギターを片手に唄いはじめました。

この歌はわたしも知っています。ビートルズの〈オール・マイ・ラビング〉ですね。〈明日からは離れ離れになってしまうけど、いつでも君のことを思っているよ。離れている間、いつも手紙を書いて愛を送るよ〉と謳《うた》う、文字通りのラブソングですね。

あぁ子供たちが大喜びしています。立ち上がって踊り出す子たちもいます。先生方も保護者の方々も皆が笑顔で手拍子をしたり、足を動かしています。メリーちゃんが大きくステージに向かって手を振っています。

そして、なんと研人が我南人と一緒に唄いはじめました。デュエットですね。

〈All my loving, I will send to you. All my loving, darling, I'll be true. All my loving, all my loving. All my loving, I will send to you.〉

決して身内の贔屓目《ひいきめ》ではなく、小学生とは思えない素晴らしい歌声でしたよ。

あれがシャウトするっていうやつですね。

＊

大騒ぎで、けれども皆が感動したり大喜びした卒業式も無事終わりました。

晩ご飯では散らし寿司《ずし》や、研人の大好きな唐揚げやマカロニサラダ、グレープジュースなどを並べ皆でお祝いしました。

良かったですね。本当にいい式だったと思います。

皆が寝静まった頃、紺が仏間に入ってきました。

そこに、お風呂に入りに行ったはずの勘一が、酒瓶を抱えてやってきましたね。

「おお、なんだよ」

「じいちゃん」

紺の横にどっかと勘一が座ります。あら、青も来ましたね。鈴花ちゃんは眠りましたか。三人で丸くなって座って、小さなグラスにお酒を注ぎました。

「ばあさんに卒業式の報告か？」

「そうだね、それと、親父の長いワールドツアーへの出発と。あ、それと永坂さんと三鷹さんの結婚式と藤島くんの設立パーティも」

慌ただしいですよね。我南人は明日にはもうアメリカに旅立つというのですから。結婚式には出られません。

「まったく。なんだってそんなにいっぺんになぁ。もう少し分けて来いってな」

勘一が苦笑いします。

「でも、うちらしいじゃない。バタバタしてさ」

「しかしさぁ、研人もすごいよね。メリーちゃんのために皆を巻き込んで、あそこまでやっちゃうとはね」

青が言って、紺が苦笑いします。

「我が息子ながら末恐ろしいよ」

どうしてあの歌になったのかと訊いたら、研人が決めたのだそうです。一曲目はあれで行きたいって。ずっと我南人のバンドの皆さんと練習していたそうで、その行動力には驚いてしまいます。

紺がなんだか嬉しそうに笑います。

「親父みたいにミュージシャンになるって言ったらどうしようかな」

「そりゃあ、おめぇ」

勘一も笑いました。

「好きにしろって言うしかねぇだろ。俺みてぇにな」

「そうだね」

男の子ですからね。自分の進路を自分で見つけることができたのなら、それはとても幸せなことだと思いますよ。

「親父が無事に帰ってきたら、池沢さんとどうするのかな」

青が言うと、むぅ、と勘一が唸ります。

結局、我南人は池沢さんが希望した〈藤島ハウス〉への入居には何も言わずに、池沢さんをワールドツアーに一緒に連れて行くと言ったのですよ。びっくりですよね。

勘一がお酒をくいっ、と飲んで、煙草に火を点けました。

「あいつのこった。無事に帰ってきたとしても、秋実《あきみ》さんの思い出が詰まったこの家でよ、池沢さんと過ごそうなんて気はさらさらないだろうさ」

わたしもそう思います。あの子はそういうところがありますよ。

「じゃあ、〈藤島ハウス〉に？」

「どうだかな。んなもんよ、六十過ぎた息子の居所なんていちいち心配してられっかよ。なるようになんだろ」

「まぁ、そうだね」

そうですね、なるようにしかなりませんし、どんなことになっても大丈夫でしょうねきっと。

「あ、おい、三鷹と永坂さんの結婚式のときによ」

「どうしたの」

ニヤッと勘一が笑います。

「コウさんとよ、真奈美ちゃんも一緒にやっちまえよ」

あら、そんなこと勝手に言っても。

「いつまでも忙しいからできないとか言ってるけどよぉ。真奈美ちゃん初婚じゃねぇか。籍だけ入れて、はいこれまでってのはいけねぇとずっと思っていたんだよな」

紺が頷きました。

「僕も思っていたけど」

「俺も」

じゃあ決まりだ、と勘一が頷きます。

「ちょいと〈はる〉に行って、なんとかしてあの二人を説得してこい。祐円の野郎には俺から言っとくから。なぁにどうせ式を挙げるんだからもう一組増えたってどうってことねぇ。目出度《めで》えことだ」

今から？　と紺が苦笑しましたが、青と一緒に腰を上げました。大きなお世話かもしれませんが、たとえば衣装だけ着て、写真を撮るというのもありですよね。

紺と青が出ていって、家の中が静かになりました。勘一が仏壇に向きなおりましたね。

「なぁ、サチよ」

はい、なんでしょうか。

「おめぇがいなくなってもよ、俺は随分と幸せもんだ。これもおめぇが天国から見守ってくれるお蔭《かげ》かもなぁ」

しみじみ言って、お酒をくいっと呷《あお》りましたけど、あいにくでした。わたしは天国ではなく、あなたの隣にいるんですけどね。笑ってしまいました。叩けませんけど、ちょいと頭を叩いておきましょうか。

たとえば、花陽や研人がこの家を出てどこかに行くことを考えるなら、六、七年先になりますか。その頃にはかんなちゃん鈴花ちゃんも学校に上がります。花陽と研人が変わらずにここから大学などに通うとしたら、また部屋割りのことだって考えなくてはいけませんよね。

そうやって、家の歴史は続いていくのでしょう。わたしがここに来てからも、今までずっとそうだったのですから。

わたしもまだまだ当分、皆の行く末を見ていたいですね。

あの頃、たくさんの涙と笑いをお茶の間に届けてくれたテレビドラマへ。

解説

狩野大樹

最初に『東京バンドワゴン』シリーズの解説のお話をいただいた時には、大好きな小説なので単純に嬉しいと感じました。ですが、後から考えれば考えるほど、この小説に本当に解説がいるのかと思案してしまいました。だって、この小説を手に取って読み始めれば、誰でもその世界に入り込んでしまうのですから。

「LOVEだねぇ」。今までのシリーズを読まれている方にはお馴染みの我南人のセリフですが、このセリフに、作品の全てが込められていると言っても過言ではありません。『東京バンドワゴン』シリーズには、とにかくＬＯＶＥがたくさん詰まっているのです。それは、恋愛もあれば家族愛もあり、ご近所愛もあれば、友達愛、それに動物愛、はたまた音楽愛、読書愛、出していくときりがないほどです。そんな小説ですから、どなたでも温かい気持ちになること間違いなしです。一書店員として、早くお読みになることをお薦めいたします。

僕と小路幸也先生の出会いは、二〇〇七年の六月十二日のことでした。この日、集英社書籍販売部の方にお誘いいただき、書籍販売の勉強会というのか、これから発売される文芸書の説明会に参加しました。その会の何ヶ月か前くらいに色々な作家さんのゲラをたくさん送っていただき、一通り目を通して感想などを送りました。その中に『シー・ラブズ・ユー』、シリーズ二作目のゲラもあったのです。二作目から読んでしまった僕ですが、その世界にあっという間に引きずり込まれてしまいました。東京下町にある老舗の古本屋の中で起こるさまざまな事件。魅力ある登場人物たち。どきどきする展開ながら、最後にはＬＯＶＥで終わるこの物語に、とにかく一目惚れしたと言えるでしょう。そして、勉強会が終わりに近づくと突如として知らされたのです、この後、小路先生がゲストで来られると。あの時の緊張は今でも忘れられません。好きな作家さんに直《じか》に会える喜びは、長く書店員をやっていても、読者の方達と全く同じ気持ちです。その会で小路先生に、一作目と二作目の本にサインをしていただきました。今でもその二冊は僕の宝物です。時は過ぎ、現在では単行本が六作、文庫本が四作（番外編も含む）も出版されています。それはやはり、この『東京バンドワゴン』シリーズが多くの方に愛されてやまない作品だからでしょう。

某国民的家族アニメと比較される事があるこの作品ですが、全く違うところがあります。それは、語り手であるサチおばあちゃんが幽霊であるということと、話が進むにつれ登場人物が歳を取っていく事です。当たり前の事ですが、きっとこの家族の間には、作品に書かれていない日常が毎日繰り広げられていて、それを読み進めながら想像するのもこの作品の楽しみの一つなのです。本（小説）というごく一部の切り取られた短い時間の中なのに、読み進めていると不思議なことにまるで、自分自身が堀田家の一員になったような錯覚に陥ります。だから、読み終えてしまったり、しばらく小説から離れてしまっても、続編を読む時にすっと家族の一員にまたなれる感覚があるのです。

多くの読者の方が心配される事に、大家族や大人数の登場人物が出てくる作品（特に海外ミステリーなど横文字の長い名前の登場人物がたくさん出てくる作品）は、名前が覚えられないし誰が誰だか分からなくなってしまいそう、ということがあるのではないでしょうか。そんな心配はこの『東京バンドワゴン』シリーズに限っては必要ありません。僕も仕事柄たくさんの小説を同時に読み進める事が多くあります。確かに登場人物が多くて訳が分からなくなってしまったり、犯人が出てきても誰だったのか分からなくなってしまったりという経験が多々あります。ですが、このシリーズは登場人物の言葉（セリフ）とそれぞれの所作で個が確立していますので、分からなくならないのです。大人数という事がこの小説ではプラスに作用しているんですね。だって、それだけ個性のある登場人物がいるって事は、自分のお気に入りのキャラクターが何人かいたり、はたまた自分の分身がいたりするという事ではないでしょうか？

そういう僕にももちろんいます。粋な下町の頑固な祖父を持ち、父は大物ミュージシャン、弟は美男子という、男としてはちょっとひねくれそうな立ち位置にいて、個性溢《あふ》れる堀田家の中では地味な印象ではありますが、静かに存在感をアピールする紺です。元は大学で働いていたみたいですが、今では物書きを生業とし、自由人である父とは別な意味でしっかりと古本屋東京バンドワゴンを支えています。奥さんは元国際線スチュワーデスの美人な亜美さん、そして明るく溌剌《はつらつ》とした息子、研人がいます。個性という観点で言うと紺は地味で忘れ去られるようなキャラですが、さすが小路さん、そこに揺るぎない優しさと真面目さという個性をしっかり確立していて、ざくざくと心に入ってくるのです。

登場人物の個性を際立たせるのに一役かっているのが、サチおばあちゃんの視点です。サチおばあちゃんは幽霊ですから、絶妙な間合いでまさにドラマの視点のようにピンポイントで、それぞれの登場人物の個性溢れる場面に入り込みます。それに普通では語られない妻、母、祖母、友人という視点でその心の内まで解説してくれちゃうんです。ですから、読者はまるで古くからの友人を見ているような、または家族のような気持ちになっていくのです。

あっ、脱線しますが、前作『マイ・ブルー・ヘブン』を番外編だと思って飛び越えてこの『オール・マイ・ラビング』を手に取ったあなた、もしそんな方がこの解説（全然、解説になっておらずすみません）をお読みになっていましたら、ぜひ、そちらも買っていって下さい。あの勘一とサチが……。読んでいただければ絶対に、この『東京バンドワゴン』シリーズを更に好きになってしまうことでしょう。

話を戻しまして、本作『オール・マイ・ラビング』の魅力に触れたいと思います。今回の大きな見所として、ある重要人物の病気とその人を囲む周りの変化があります。いつも飄々《ひょうひょう》と自由に生きている彼の病気を知り、皆が言葉を失ってしまうほど動揺してしまいます。しかしそこで、これまでは守られていた立場の人物が、思いがけない行動に出るのです。それはある意味で成長でもあり、家族の変化でもあります。大きな家族のあり方は変わらずとも、そこは大家族、年が経てば少しずつではありますが、変わっていくのです。（まわりくどくてすみません。解説から読む読者が多いと聞き、どうしたらこの素晴らしい作品を読んで下さるか考えてみました。やはり、内容は自分で読んでみて知って欲しいのです。）

それと、世界的大スターのミュージシャンとの交流も見所です。東京下町の、こういう言い方は失礼になるかもしれませんが、よくある家族が、まさか世界的なスターと繋《つな》がりがあるとは誰も予想だにしません。ですが、違和感なく入り込めてしまうのも堀田家の魅力です。そういえば、前作でも意外な繋がりがさらなる繋がりを呼び奇跡が起こりました。それには驚かされたものです。文庫になって多くの方が読んでいらっしゃるでしょうが、そう、戦後の日本を変えてしまうかもしれない出来事が起こり、読者をやきもきさせました。

僕がこの作品で心に残ったセリフを三箇所、抜粋します。

「あんたらはね、あんたらみたいな連中はね、ぽかぽかした陽の当たるところにいなきゃならねぇんだ。そのあったかい日溜まりをさ、しっかりとさ、守っていてほしいんだよ。そうすりゃあ俺らみたいなのが時々日向ぼっこにお邪魔できるのさ。はい、ごめんなさいよってな」（P195）

「前向きのぉ、前のめりの失敗はぁ、絶対に後悔なんか連れて来ないんだねぇ。生きてるうちにできることをやってみなきゃあ、それが良かったかも悪かったかもわからないんだよぉ。僕はねぇ、まだまだみんなと一緒に生きてぇ、LOVEを感じていたいんだぁ。みんなが僕にくれるたくさんの、ロックンロールをねぇ」（P278）

「おじいちゃん、いっつも言ってるじゃない。心の底からLOVEを唄えば、それが通じるんだって。違った？」（P340）

この三つのセリフはそれぞれ別の章にあるものですが、とても心に沁《し》みて温かさに泣かされてしまいました。勿論流れの中にある人物たちのセリフなので、これだけの抜粋では分からないと思います。すでに読まれた方は遡って見返してください。これから読まれる方は気に掛けて読み進めてみてください。普通に生活をしていると全く見えない他人の心、そして自分の心との葛藤、それを小路さんは言葉（文章）で表現して読者に届けています。それは映画やテレビなどの映像とは違う、まさに小説の最大の魅力の一つだと僕は感じます。それは時には痛いくらい心に刺さる言葉かもしれません。あるいは、とても優しく心に温かみをくれたりするかもしれません。多くの登場人物たちが『東京バンドワゴン』という小説、または古本屋を通して読者に投げかけてくるんです。小路さん、やっぱり上手《うま》い！

大事な読みどころを忘れるところでした。『東京バンドワゴン』シリーズを通してですが、章が季節毎に変わっていきます。日本の四季というのは映像や写真などで表現されると色を重視します。例えば、春は桜のピンク、夏は草木の緑、秋は紅葉の黄、冬は雪の白などです。それらを見るとその季節でなくても季節を感じることができます。では、小説ではどうでしょう？　勿論、文字で夏と書かれれば夏を意識する事はあると思います。でも、それだけでは写真や映像のように鮮明に季節を捉える事は難しいのではないでしょうか。それを小路さんは、サチさんの視点で上手く表現してくれています。俳句で使う季語よりももっと分かりやすく、例えば正月の餅つきの様子を盛り込んだり、食事の場面に旬を取り入れたり、たくさんの植物を上手く描写して見せたり、愛らしい動物たちに映像のような動きを与えて（犬に雪の中を走り回らせ、猫にはこたつの上で丸くならせたり）、僕達、読者に具体的なイメージを伝えようとしてくれます。その一コマ一コマが自然に物語に溶け込んでいるので、映像を流しているのを見るよりもリアルに、四季を感じます。

ざっと駆け足ではありますが、小路幸也さんの『東京バンドワゴン』シリーズ及び、今回文庫化された『オール・マイ・ラビング』の魅力のほんの一部に触れてみました。他にもたくさんの魅力が詰まっている作品だと、僕は大きい声で読者のみなさんに訴えたいです。なぜなら、読者が百人いれば百通りの魅力がある作品に違いないからです。それぞれの楽しみ方を見つけて下されば、このシリーズも永遠に進み続け、毎年の恒例の楽しみになるでしょう。ねえ、小路さん？

最後に僕が書店員をしていて気をつけていることをお伝えします。大好きな本は、一番良い場所にはいつまでも展開しておかないということです。理由は単純で、話題書や売れ筋良好書の売り場は旬が過ぎたらどけなくてはならないからです。そんな事はしたくない大切なお薦めの本は、大事な場所（自分の決めたお気に入りの場所）にひっそりと並べています。それはいつまでも、いつまでも。その本を売り続けるために。『東京バンドワゴン』はそう、そんなとっておきの一冊なのです。

（かのう・ひろき　書店員・小田急ブックメイツ新百合ヶ丘北口店勤務）

集英社文庫

オール・マイ・ラビング 東京《とうきょう》バンドワゴン

2012年4月25日 第1刷
2021年7月14日 第6刷

定価はカバーに表示してあります。

著　者　小路幸也《しょうじゆきや》

発行者　徳永　真

発行所　株式会社 集英社
東京都千代田区一ツ橋2-5-10　〒101-8050
電話　【編集部】03-3230-6095
【読者係】03-3230-6080
【販売部】03-3230-6393(書店専用)

印　刷　凸版印刷株式会社

製　本　凸版印刷株式会社

フォーマットデザイン　アリヤマデザインストア　　マークデザイン　居山浩二

ISBN978-4-08-746825-0 C0193